青がゆれる

雛倉さりえ

彼女以外に好きになれる人間は世界中のどこにもいないと信じることができた。一番こころが染められやすい時期に出会ってしまったから。まだ成熟しきっていないのに愛する人とするキスの味を覚えてしまったから——。水族館のクラゲの水槽の前で交わした秘密のくちづけ。それが夕紀と叶子の特別な関係のはじまりだった。お互いを唯一無二の存在だと思い合っていたけれど、叶子に男の子の恋人ができたことで、ふたりの世界は少しずつ綻びだしていく。思春期の儚い恋と傷の痛みを繊細な筆致で描き出すデビュー作品集、書き下ろしを加え改題文庫化。

青がゆれる

雛倉さりえ

創元文芸文庫

EPHEMERAL BLUE

by

Sarie Hinakura

2013, 2024

目次

ジェリーフィッシュ　九
果肉と傷痕　五一
夜の国　九三
エフェメラ　一三九
崩れる春　一八三
エクレール　二二九

文庫化のためのあとがき　二六九

青がゆれる

ジェリーフィッシュ

「昨日、男の子から告白された」

軍手をはめていない方の手で土をいじりながら、叶子が言った。静脈の透けた白い手が、濡れた黒い土をさらさらとなでる。わたしは意識してまばたきをし、それからゆっくりと、できるだけ丁寧な発音で訊き返した。

「誰から?」

「同じクラスの平井くん。手紙で呼び出されて、直接告られた」

体育館裏の狭いスペースはじっとりと湿気を帯び、アスファルトの窪みにはさっきまで降っていた雨の水たまりができていた。前庭の方から歓声が聞こえる。苗植えをさぼって遊んでいる子たちの声だ。

「それで」

わたしはパンジーの黄いろい花びらをすこしずつちぎりながら訊いた。

「それで、その子とは付き合うの?」

叶子は頷いた。錆の浮いたスコップが鈍く光る。

「大丈夫。あたしが本当に好きなのは夕ちゃんだけだから。何にも心配しないで」

子どもを安心させるような、やさしい声で叶子が言う。ならどうして付き合うことにしたの、とは訊けなかった。叶子にキスされたから。唇が重なったのはほんの一瞬で、すぐに離された。後には、あまい余韻だけが淡く残る。

「行こ。先生が集合かけてる」

叶子は立ちあがってスカートについた泥をはらい、ついでわたしの手を引っ張った。ひんやりとつめたい叶子の手のひらを握りながら頭上を仰ぐ。まろやかな群青に浸された空に、一朶のしろい雲が取り残されたようにぽつんと浮かんでいた。

次の日の朝、いつものバスに乗り、いつもの席に坐る。叶子と決めた、二人だけのルール。奥から二番目の二人掛け。

「夕ちゃん、寝癖ついてるよ」

叶子は笑いながらわたしの髪に触れる。わたしは身をよじり、叶子の頰にすばやくキスした。何もかもが完璧だった。いつもどおりの朝。幸せな朝。

教室に入ると、叶子は別の子たちのグループに入っていった。わたしはひとりで席に着き、背負っていたリュックを机に下ろす。始業から放課までのあいだ、誰かから話しかけられることは少ない。叶子に言わせれば、わたしはこのクラスで「すこし浮いてる」らしい。

まだ彼女と知り合って間もない頃、夕ちゃんってあんまり他の人に興味ないでしょ、と言われて、わたしは、そうかもしれない、と頷いた。クラスメイトたちの他愛ないお喋りにはついていけなかったし、大して面白いとも思えなかった。

高校一年生。教室は若い生きものの呼気と熱気に満ちていて、途方もなく息苦しい。やけに馴れ馴れしいやり取りも、あたりさわりのない話題も、なにもかもが鬱陶しかった。

他人なんてどうでもいい。音楽、写真、絵画、本。わたしは自分の世界を持っている。美しいもの、きれいなものばかりを集めた、わたしだけのひそやかな世界を。

「じゃあ夕ちゃんは、あたしのこともどうでもいいの？」

笑いながら問う叶子に、わたしは首を横にふった。

「ちがう。叶子は特別なの」

叶子はすでに、わたしの世界の一部となっている。健気でうつくしい、愛すべきもの。

彼女は最初から、他の子とはちがっていた。物事の考え方も、性格も。とても身軽で、ふわふわと軽く、どこまでも飛んでゆく。目を引くような美人ではないけれど、人懐っこい笑顔と聞き上手な性格のために、クラスでも人気だった。けれどその軽さの底に、なにか暗いものがわだかまっているような、底の見通せない危うさも持ちあわせている。ふとしたときに彼女が見せる横顔の、冷めきったまなざしに、わたしはいつもぞくりとする。

みずみずしい肌の内側に秘められた、不安定な精神。倦怠をおし隠すようにくだものの香水を振りかけ、長い髪をかろやかになびかせてあかるく微笑む、女の子。

「わたしは叶子のことが好き」

そう言うと、彼女は「ありがとう」とにっこり笑った。

「あたしも夕ちゃんのこと、大好きだよ」


放課後、わたしは叶子に誘われてグラウンドに出た。

「ほら、あそこ」

叶子が指差す先に、ひとりの男子がいた。サッカー部の青いユニフォームを着て、他のメンバーからすこし離れた位置に立っている。

平井裕輔。ただの男の子じゃないか、とわたしはひそかに落胆した。背が高くて手足が長くて顔が黒い、ごくふつうの男子生徒。

「あんな男の子のどこがいいの？」

木の陰に隠れたまま訊くと、叶子は自分に言いきかせるようにつぶやいた。

「ふつうなところが、いいの」

部員の掛け声がどんよりと湿った空に鈍く響く。自分の元へころがってきたサッカーボールを、平井裕輔は思いきり蹴飛ばした。ボールは美しく完璧な放物線を描いて、ゴールに吸いこまれていった。わっと歓声が大きくなる。駆けよってきた仲間とハイタッチしながら笑う平井裕輔を、叶子は息をつめて見つめていた。

わたしは足元の砂利をスニーカーで踏み均しながら、叶子の長い髪が風になびくのをぼんやりと眺めた。うす昏い鉛色の空を、ちぎれた雲がものすごい速さで流れていく。微かに雨の気配がした。澱んだ、水の匂い。

「ね、もう帰ろ」

しびれを切らして言うと、叶子はゆっくりと振り向いた。手を繋いで校舎を後にする。グラウンドから歓声が聞こえるたび、叶子は身体をわずかにひねって振り返ろうとした。わたしはそれに気付かないふりをして、早く校舎から離れようと歩調を速めた。


初めて叶子に話しかけられたのは、今から一ヵ月前、入学式を終えたすぐ後に学年旅行で出かけた水族館でのことだった。クラスメイトたちがサメの泳ぐ巨大水槽やイルカショーに夢中になっている中、わたしはクラゲコーナーでミズクラゲの群れを見ていた。まっ暗な部屋のなか、水槽は唯一の光源だった。青いひかりが射しこむ水中を泳ぐクラゲのかたまり。透明なうすはりは、こちらとあちらの世界の境目だった。硝子の内側をみたした海水には微弱な流れがつくられているのか、クラゲたちは緩慢にうごきつづけている。水槽の上部から照射されている人工的な灯りが、ゆらめくいきものたちの輪郭を蒼くふちどっていた。

命あるものとは思えないほど美しい形状と純度をもつ、数多のどうぶつ。すきとおった触手にひかりが絡み、ほぐれる。瑠璃いろの光線は、水中を浮遊する埃や気泡のふちを丁寧になぞりながらやがて水槽の底に収束し、金色の縞目をつくる。ときおりクラゲの淡い影がよぎり、そのたびに光の筋は屈折して揺らいだ。

水槽にはりついて見入っていると、一人の女の子が近寄ってきた。そのままわたしの隣に立ち、水槽を眺める。たしか同じ二組の生徒だ。入学式を終えたばかりでまだ名前を覚えていなかったけれど、腰までとどいている長い髪には見覚えがあった。もちろん、喋ったことは一度もない。

ふいに彼女が、視線を前に向けたまま口をひらいた。

「あなたもクラゲ好きなの？」

だれか他の子に話しかけたのかと思い、それとなく辺りを見渡す。けれど、そこにはわたしと彼女しかいなかった。

女の子はいつしか、まっすぐわたしを見ていた。返事を促すように、彼女は首を僅かに傾ける。その拍子に、肩にかかっていた髪の束がほどけてぱらぱらと落ちた。黒い、なめらかな長髪。無視することもできずにぎこちなく頷くと、彼女はしずかに微笑んだ。

「あたしも好き。綺麗だよね」

言葉を継ぐことができずにいると、女の子は静かに水槽の方へ向き直った。そのままふたりで、巨大な青い水槽の前に立ち尽くした。

四角く切り取られた青い暗闇は、宇宙のようだった。不規則にゆらめくクラゲは銀河、降り積もる塵は死んだ惑星の破片。冷房が効いているのか、肌が急速に冷えていく。つめたい空気の粒と、硝子の向こうで舞い泳ぐクラゲの群れ。まるで宇宙の底に立っているようだった。青い光を見つめつづけているせいか、頭は水の膜(まく)が張ったようにぼんやりとしている。

そっと隣を覗き見ると、女の子は唇をうすくあけたまま、水槽に見入っていた。細い髪の一本一本が、青い燐光に照らされて濡れたように光っている。髪だけじゃない、額も頬もまつげもすべてが青く濡れていた。

これまで話したことのなかった他人と二人きりで佇んでいるのに、不思議と気づまりは感じなかった。静謐な空気をまとった彼女は、この美しい光景に融けこんでいる。

空気はますます冷えてゆく。硝子の表面から発せられる冷気が、うすやみの空間をじわじわと包みこんでゆくようだった。

「寒いね」

彼女との間にあいた隙間を埋めたくて、ぽつりと呟いてみる。すると、女の子はそっとこちらに手を差し出した。とまどっていると、彼女はわたしの手のひらを握った。まだ残っている熱とわずかに滲んだ汗の感触が、やけに生々しかった。指先まで温かい。

握った手のひらから血液が全身を駆け巡る。名前も知らない女の子の手がわたしの心臓となっていた。

「もう寒くないでしょ？」

頷くと、ふいに顔が近づいてきた。唇にふにゃりと柔らかい感触、思考停止。鼻先をよぎるローズリップの香り。目の前に、青白く濡れた二粒のまるい眼球がある。宇宙の闇を固めてつくったような深い群青色の瞳からは、何の感情も読み取れない。

「ごめん、もう一回だけ――」

再び重なる唇。内側の赤い熱が弾けてうすい膜を破る。熱の粒子は宙に拡がった途端、あっけなく潰れて消えた。感情がうまく働かない。残された濃密な静けさのなか、唇から滴る唾液を制服の袖でぬぐった。

　突然、天井からにぎやかな音楽が降ってきた。続けて短いアナウンス、「午前のイルカショーが終了致しました」。とっさに、まだ繋いだままだった手のひらを振り払う。女の子の目が大きく見開かれる。次の瞬間、大量の生徒たちがクラゲコーナーになだれ込んできた。熱気とざわめきに、わたしたちの宇宙はかき消された。上唇を舐めると、溶けた綿菓子のような淡くざらついた味がした。

　後になって、「あのときどうしてキスしたの」と叶子に訊ねたことがある。彼女は優しく微笑みながら答えた。

「たったひとりで大きな水槽の前に立ち尽くしてる夕ちゃんを見てたら、何だか思いきり抱きしめてあげたくなって。さみしそうで、痛々しくて、でもそれがどうしようもなく可愛くて」

　ふわりと笑う叶子に呆れながらも、さらに訊ねてみる。

「わたしのことは前から知っていたの？」

「うん。夕ちゃん、入学式の日からだれともしゃべろうとしないで、読書してたから。周りと相容れない自分の性質をちゃんとわかっていて、堂々とそれに向き合ってるのがいいなって」

　さみしそうに見える生きものが好きなの、と彼女は言った。クラゲとか、夕ちゃんとか。

「さみしいものってきれいでしょう」

そうかもね、とわたしは微笑み返した。さみしい生きものが好き、という彼女もきっと、さみしかったのだろうと思った。


水族館で出会った翌日、わたしはすぐに写真つきの名簿で彼女の名前を調べた。篠原叶子。あまやかな響きを放つその名前を、飴玉のように何度も舌の上で転がす。音は、まるで歌い慣れた音楽のように唇に馴染んだ。

その日、わたしは注意深く篠原叶子のことを観察した。彼女はいつも誰かと一緒にいた。大きなグループの中心で楽しげな笑い声をひびかせたり、男子と冗談を言い合ったり、仲の良さそうな友だち数人とお弁当を食べたり。休み時間、友だちと一緒にメイク直しをしている彼女を見ながら、ひっそりと嘆息した。昨日、わたしは本当に彼女とクラゲの水槽の前で言葉を交わし、手をつなぎ、キスをしたのだろうか。

うすやみとは程遠い明るい場所で、たくさんの友達に囲まれて笑う篠原叶子。あのうつくしいクラゲの宇宙を彼女と共有したなんて、とても信じられなかった。あのときわたしたちの感じた世界は、もっと柔らかくて脆弱(ぜいじゃく)で、今にも壊れてしまいそうなものだったはずなのに。わたしは失望して、手元の文庫本に視線を落とした。

放課後、下駄箱でスニーカーに履き替えて校舎を出ると、細かい雨粒が落ち始めていた。リュックから折り畳み傘を取り出して差そうとしたとき、後ろから声をかけられた。

「ねえ、夕紀ちゃんって家どこなの？」

振り返ると、ビニール傘を手にした篠原叶子が立っていた。心臓が、大きく波打つ。彼女と向かい合った瞬間、周囲の雑音がすべて抜け落ちた。聞こえるのはかすかな雨音だけ。視界に映じるなにもかもが背景と化し、わたしと彼女の輪郭だけがくっきりと浮いて見える。異常なほどの静けさのなか、わたしは口を開いた。

「バスと歩きで、成三谷町の方から来てる」

そう言うと、彼女はにっこりと笑った。

「あたしもバス通学。途中まで一緒に帰らない？」

わたしは頷いた。彼女がぱっと傘をひらく。まるで、透明な花を咲かせるみたいに。ひらひらと手招きされ、わたしはすこし躊躇してからひらきかけた傘をリュックにしまい、彼女の傘の下に入った。ふたりで並んで校門を出て、バス停に向かう。

宙に散った球形の水滴が傘の表面に触れたとたん、弾ける。わたしは何を話せばいいのか分からず、黙って歩いた。喋りたいこと、訊きたいことはたくさんあるはずなのに、うまく言葉にならない。

隣を歩く彼女からは、絶えずいい匂いがしていた。清潔な石鹼の香りと、柑橘系の香水がまざったようなあまいにおい。

思うように会話ができない自分が歯がゆくて、けれどやっぱり何も言えず、わたしは水たまりを踏みつけて歩いた。スカートに水がはねて布地が紺に滲む。

「夕紀ちゃんってさ、彼氏いるの？」

ふいに訊かれて、びくりと肩が跳ねた。慌てて首を横に振ると、篠原叶子は「そっか」と言った。わたしはおそるおそる訊ね返す。

「叶子ちゃんは彼氏、いる？」

「呼び捨てでいいよ。今は恋人いない」

彼女が答え、ふたたび静けさが訪れた。沈黙は、けれどもう不自然なものではなかった。わたしたちは辺りをみたしている静寂にたっぷりと浸り、それを触媒として、言葉ではなく呼気で繋がった。音はもう必要ではなく、ただ隣にいるだけでよかった。

一言も喋らないままバス停に着き、わたしたちは屋根つきの待合ベンチに並んで腰掛けた。やわらかな沈黙が心地いい。足元に目を落とすと、コンクリートの隙間から紅がかった細い茎がのびていた。ときどき車が道路の水溜まりをかき散らして走り去っていく。隣に坐る叶子は、前髪の毛先から水を滴らせていた。頰はわずかに紅潮し、睫毛（まつげ）は伏せられている。髪の透き間から、つくりもののようにちいさな耳がちょこんと覗いていた。

わたしたちをつつむ幽（かそ）けき青いろは、あの水族館で感じた空気と同じものだった。鮮やかな孤独と、静かな充足感。水流にゆったり揺られながら、海底にしずんでいく感覚。はぜる泡沫（うたかた）。

春しぐれは濃霧のように、わたしたちの視界をやさしく覆い隠した。途切れとぎれに見えていた信号の淡い緑もついに見えなくなる。道路の方を見つめたまま、叶子が言った。

「夕紀ちゃんのこと、これからは夕ちゃんって呼んでもいい？」

静かに頷く。湿った吐息が鼻にかかる。

「夕ちゃん、キスしたい」

返事の代わりに、わたしは目を閉じた。鼻先がこすれる。唇に熱を感じた。ローズリップ。ふわり、トリップする。白く灼き尽くされた瞼の裏に、浮遊するクラゲを見た。あかるい光をめざして、ゆれる。およぐ。うかぶ。

「きもちいい？」

叶子の声で我に返り、瞼をあげた。降りしきる雨音が心を落ち着かせてくれる。ほっと息を吐いてからわたしは言った。

「すごく、きもちよかった」

「あたしも。ふわあ、って体が浮いて、ちがう世界に行ったみたいだった」

女の子同士のキスってとってもきもちいいんだね、これからもしようね、と叶子がささやき、ついでに頬にくちづけを落とされる。くすぐったいからやめてと笑いあったところでバスがきた。乗車してからもひそやかな笑いは止まらず、互いの手のひらや顔にべたべたと触れた。それでもまだ足りず、シートの陰に隠れてこっそり唇を重ねた。

わたしの住む町のバス停に着いたときも柔らかい熱を手放すのが惜しくて、わたしたちは最後まで指を絡ませあっていた。

「じゃあまた明日」

ささやき合ってステップを降り、ふたたびバスを見上げると、窓にはりついて手を振る叶子の姿があった。

「ばいばい」

わたしも手を振り返す。笑顔の叶子を乗せてバスが走り去っていったあとも、わたしはあの浮遊感が忘れられず、何度も指でくちびるをなぞった。

あのキスを境に、わたしの世界は変わった。ひと粒ひと粒がかがやくような白金色を帯びた雨滴、ちぎれた雲の空隙（くうげき）から落下してくる蜂蜜いろのひかりの束、地平線のちかくにひろがっている澄んだ青空を跨（また）ぐ巨（おお）きな虹。わたしは、今まで感じたことのない幸福感に身を浸しながらうつくしい世界に見入っていた。

一度目のキスはわたしたちの原点で、二度目のキスはわたしたちの頂点だった。あとに残されたのはゆるやかな坂道だけ。けれどわたしたちは気づかないふりをして、ついばむようなくちづけを幾度も繰りかえした。唇を重ねている瞬間は、なにもかも忘れられたから。どうしようもないほど、叶子が好きだった。愛（いと）しかった。

彼女以外に好きになれる人間は世界中のどこにもいないと信じることができた。一番こころが染められやすい時期に出会ってしまったから。まだ成熟しきっていないのに愛する人とするキスの味を覚えてしまったから。

わたしたちは転がり落ちていく。雨降る坂の道を、自分でも気づかないほどゆっくり、けれど確実に。

一度、ふたりで首を絞めあったことがある。五月の初め、よく晴れた日曜日だった。両親は共通の知り合いの結婚式で、朝から出かけていた。

わたしの部屋で、叶子はすっかりくつろいでいた。白いショートパンツからのびる脚を床に投げだしたまま、携帯片手にチョコレートを食べている。わたしはワンピース風のルームウェアを着て、ベッドの上でお気に入りの写真集を眺めていた。

「エッチするのと同じくらいきもちいいらしいよ」

携帯をいじりながら叶子が言う。わたしはベッドに寝ころんだまま「そうなんだ」と返した。

「両手の親指で喉をかるく押さえて、徐々にしめつけていきます、だって」

「……叶子、何のサイト見てるの」

「恋愛掲示板」

舌の上で転がしていた飴を嚙み砕きながら、わたしは体を起こした。

「言っとくけど絶対やらないからね、そんな危ない遊び」

「分かってるよ」

壁にかかった時計は午後五時過ぎを指している。窓からは桃色がかった夕方の光が射しこみ、部屋中を甘ったるくみたしていた。

「ね、やっぱりやらない？」

しばらく経ったあと、思い出したように叶子が言った。まどろんでいたわたしはぼんやりと訊き返す。

「やるって、何を」

「首絞め」

「やだ」

「少しだけなら大丈夫だって。苦しくなったらすぐやめればいいんだし」

「いやだってば、絶対やらない」

わたしは頭を振って拒否した。首絞めなんて考えるだけでも怖い。それに危険だ。

「もし本当に窒息したらどうするの」

「窒息する前にやめればいいんだよ。ね、ほんとに大丈夫だから。なんなら、先に夕ちゃんがあたしにしてよ。それならいいでしょ？」

なぜか必死に頼みこんでくる叶子にわたしは次第に押され、ついに頷いてしまった。

「ほんとうに少しだけだからね」

「うん、少しだけ」

叶子はにこにこと笑いながら、わたしの向かいに坐った。

「なんでそんなに楽しそうなの」

「だってあたし、きもちいいこと大好きだから」

わたしは仕方なく、叶子の首に手をかけた。

「で、どうするんだっけ」

「親指を重ねて、そのままゆっくり力を入れていくの。苦しくなったら右手あげるね」

言って、叶子は目を閉じた。こんなのきっと、苦しいだけなのに。けれどわたしは、すこしずつ指の力を強めてゆく。

手をかけたまま、叶子をゆっくりとベッドに押し倒した。熱く柔らかい肌が、徐々に指先に馴染んでいく。わずかな脂肪の下にあるかたいしこりを潰すように押すと、叶子の手がひくりと動いた。慌てて手を離す。彼女は目を閉じたまま、「いい。続けて」とかすれた声で囁いた。

わたしはもう一度叶子の首に手を回す。空気はわずかに湿り気を帯び始めていた。唇から漏れる息が荒くなっていく。いつのまにか、額に汗が滲んでいた。

「叶子、大丈夫？」

呼びかけると、叶子はかすかに頷いた。

「もっと、つよくしめて」

ぐっと力を入れた途端、叶子の体がびくりと跳ねて、痙攣(けいれん)した。背中を反らして低く呻(うめ)く。恐怖で、体温がさっと下がった。叶子が死んでしまう。わたしは彼女の肩を摑み、必死に揺さぶった。

「夕ちゃん、痛いって」

微かに青ざめた顔でちいさく微笑みながら、叶子がうすく目を開けた。ほっとして手をはなし、それから矢継ぎ早に訊ねる。

「大丈夫？　気持ち悪くない？　吐き気は？」

「平気。何ともないよ」

ベッドに寝転んだまま、叶子は答える。シーツの上にむぞうさに投げだされた、脆い肢体。こめかみの髪が汗に濡れて、皮膚にはりついている。

「苦しいだけだったでしょ？」

「ううん。すごく、よかった」

叶子はうっとりした顔で言った。

「最初は息苦しいんだけど、そのうちきもちよくなってくるの。キスするときみたいにふわって浮いて、それで頭が真っ白になる」

夕ちゃんもやろうよ、と言われてわたしは少し迷い、それから頷いた。息ができない恐怖より、好奇心の方がまさった。叶子と同じ感覚を味わってみたい。叶子と同じ世界を、見てみたい。

「力抜いてね」

ベッドに寝転がると、叶子が覆い被さるように腕を伸ばしてきた。わたしの腰の上に乗った叶子の、あまりのかるさにおどろく。細い指が首に巻きついたかと思うと、そのままゆっくり絞められた。

「……う、」

苦しい。かたい石が喉につっかえているようで、全然、きもちよくなんかない。思わず叶子の腕を握った。細い手首のまんなかに、くっきりと筋が浮いているのが分かる。その肌は、燃えるように熱い。苦しいから離して、と拒むように手首を摑みつづけたけれど、叶子は力を緩めない。

負荷に耐えきれず、体のあちこちが軋み(きし)をあげている。これ以上我慢できない。かすむ意識で叶子を突き飛ばそうとしたそのとき、瞼の裏が群青に染まった。

濃いブルーがどこまでも平坦に広がっている。足元は暗くてよく見えない。息苦しさはまだ続いている。深い海の底、水圧で絞めつけられるような苦しさ。

つと、目の前をクラゲが音もなくただよっていく。仰ぐと、頭上にもたくさんのクラゲが浮遊していた。何百匹も、たくさん。上下左右、どこを見てもクラゲだらけ。まるでジェリーフィッシュレイクみたいだ、と思った。いつかテレビで見た、クラゲだけの湖。何百万匹ものクラゲたちが外敵に襲われる心配もなく、湖ができてからの一万年間、ゆらゆらと泳ぎつづけている。

ゴールデンジェリーフィッシュ、ムーンジェリーフィッシュ。覚えているだけの品種名をつぶやいてみる。言葉はちいさな泡になって水面に昇っていった。透明なかさに透けた薄青は柔らかな輪郭をかたちづくっている。手を伸ばしてかさに触れた瞬間、クラゲはあっという間に弾けて消えた。

「夕ちゃんっ」

瞼を上げると、見慣れた天井が目に入った。日没の時刻を過ぎたのか、部屋は薄暗い。空気は重く冷えきっているのに、手のひらにはべったりと汗をかいていた。

「大丈夫？　ちゃんと、きもちよくなれた？」

叶子の言葉に、わたしは曖昧に頷いた。きもちいいとは少し違ったけれど、この感覚をどう説明すればいいのか分からなかった。

「死ぬときってあんな感じなのかも」

呟くと、叶子は笑いながら言った。

「あんなにきもちよく死ねるなら、何にも怖くないね」

いっそ、二人でしんじゃおっか――。叶子は言い、にっこりと笑って見せた。わたしは頷くこともできず、ただ微笑み返すしかなかった。

それからすぐに叶子は帰っていった。一人残された部屋で鏡を見てみると、首に叶子の指の痕がうっすらと赤く残っていた。わたしはそれをなぞりながら、死ぬときもやっぱりあんな風にクラゲが見えるんだろうか、とぼんやり考えた。


わたしたちが知らない間に、坂道は後半にさしかかっていた。毎秒ごとにすこしずつ、けれど確実に坂の底へと向かっている。

平井裕輔をふたりで見に行った日から半月が経ち、変化は徐々に現れていた。週末になると、叶子は平井裕輔と二人でどこかへ出かけてゆくようになった。わたしはどうすることもできず、寂しさを圧し潰すように耳にイヤホンをさして音楽を聴き、思考を遠ざけるために外国の難解な長編小説を読みふけった。

六月のある朝、バスに乗りこんだわたしと叶子は、隣り合わせの席でいつものように話し込んでいた。どんなに会う時間が少なくなっても、わたしたちは朝の通学時だけは必ず一緒に過ごした。バスでのお喋りだけが、彼女との唯一の接点だった。

定期考査の範囲についてひとしきり喋ったあと、唐突に叶子が切り出した。

「今度の週末、暇だったら二人でどこか遊びに行かない？」

わたしは驚いて、叶子をまじまじと見た。

「予定は空いてるけど。あの男の子はいいの？」

「うん、大丈夫。夕ちゃん、どこか行きたいところある？」

一瞬だけためらってから、わたしは答えた。

「じゃあ、叶子の家に泊まりたいな」

「いいよ」

あっさりと頷く彼女に、わたしはつけ加える。

「ふたりで一日中遊んでから、叶子の家に行きたい」

叶子はもういちど頷き、それからわたしたちはバスが学校近くの停留所に到着するまで予定を話し合った。幸福感がお腹の底からじんわりと満ちてきて、自然と口元がゆるむ。

久々に叶子と遊びに出かけるのだ。一秒一秒を噛みしめるように丁寧に過ごそう、と思いながら、わたしは彼女の話に相槌を打った。

約束の日の朝、空は鈍く曇っていた。練って伸ばしたような薄い雲の破れ目から、幾筋かの光が零れおちている。叶子はいつものビニール傘を持って、待ち合わせの場所に立っていた。とろけそうに柔らかい生地で作られた、小鳥みたいなまっ白のシフォンワンピース。

わたしたちはバスに乗って街の外れにある映画館に向かい、そこでフランスの古い恋愛映画を観た。ものうげで、最初から最後まで夕暮れの光に包まれている、詩のような映画。

ほんとうは、わたしは映画を観るのがあまり好きじゃない。終わってほしくないのだ。ストーリーに夢中になっていても、心のどこかは常に醒めている。いつ場内が明るくなってしまうのか怯えながらスクリーンを見つめているし、エンドロールが流れ始めると茫漠とした虚無感に襲われる。いつだって、気づいたときには何もかも終わっている。

叶子は、隣の席でスクリーンに見入っている。身じろぎもせず、じっと。恐らく今、彼女の頭の中ではいくつもの感情が複雑にぶつかりあい、弾けているのだ。音もなく、鮮やかに。

光と色の粒子に網膜を灼かれながら、わたしは祈る。終わらないで。終わらないで。何ひとつ変わらずに、ずっとこのままの世界で。

けれどももちろん時間は流れ、物語はいつか終わる。ついに最後の音楽が途切れて客席が明るくなったとき、わたしは細く長く、ため息を吐いた。隣を見ると、叶子は涙を流していた。ふっくらと白い頬を、巨大なひと粒の水滴が伝い落ちてゆく。わたしはそれを美しいと思った。

　映画館を出ると、夕立が通り過ぎた直後だったのか、むせかえるような雨の匂いがたちこめていた。

「素敵な映画だったね」

　頰に涙の痕を残したまま、叶子が笑う。わたしは微笑んで頷いた。

　雨上がりの街、高層ビルの窓は氷砂糖のように透きとおり、しっとりと濡れた空気は植物のにおいを含んでいる。

　わたしたちは駅の傍にあった古い喫茶店に入り、それぞれ飲みものをたのんだ。それから、クロテッドクリームと果肉の粒をふくんだ苺ジャムが載った、焼きたてのスコーンを分け合ってたべた。追加で頼んだコーヒーゼリーにシロップを落としながら、叶子が言う。

「映画に出てた、ショートカットの女優さん。刺青（いれずみ）いれてたの、見た？　手首の内側に。イタリックで」

「うん、気づいたよ。誰かの名前かなって思ってた」

　刺青っていいよね、とゼリーを載せたスプーンを口元にはこびながら叶子が言う。

「すごく個人的な印。そのひとの人生が詰まってる気がする」

　透きとおった檸檬（レモン）水を飲みながらわたしは訊ねた。

「叶子も刺青、欲しいの？」

「そうだね。いつか欲しいな」

「肌を針で刺して色を入れるんだよ。きっとすごく痛いよ」

呼吸している肉の上に、色彩を射ちこんで絵を描く。肌に彫りこまれた、恒久の傷痕。可視化された記憶。

「いいよ。あたしが欲しいのは、痛みだから」

彼女はきっぱりと言う。

「前にテレビで見たんだけど、忍者って情報を覚えこむために自傷してたんだって。記憶と痛みを関連付けて忘れにくくするために、皮膚を切り裂いたの。そのくらい、傷と記憶は密接に繋がってる」

まだ水滴のついている店の窓硝子から降りそそぐ薔薇色の夕陽が、向かいに坐る叶子を浮かびあがらせた。肌は内側からうす紅に照り映え、髪の一本一本はひかりを含んでほのかに茶色く明るんでいる。

小鳥みたいな服を着て、甘い菓子をほおばり、美しい傷を自らにほどこしたいと願う叶子。そんな彼女を、可愛い、と思う。ほとんど乱暴に。

わたしはコーヒーの入ったカップをくちもとに運び、ひと口だけふくんだ。溶けきれなかった角砂糖のかたまりが、舌のうえでさくりと小気味良い音を立てた。

叶子の家に着いたのは、午後七時を過ぎたころだった。家の中はやけに静まり返っている。きょろきょろと辺りを見回していると、叶子が「お母さん、夜は仕事でいないから」と言った。スーパーマーケットで買ってきた野菜と肉を炒めて二人で食べたあと、それぞれシャワーを浴びてパジャマに着替えた。

豆電球だけを灯した仄暗い部屋でココアをのみながら、ぽつぽつと喋った。

「今日は楽しかったね」

「うん。楽しかった」

「今度は水族館に行きたいね。真夏に行ったらきっと、涼しくて気持ちいいよ」

水族館。わたしたちがであった場所。クラゲの棲む深海を模した、あの薄暗い場所。

「また、絶対に行こうね」

わたしは「うん」と答えた。精一杯の希望をこめて。

叶子は満足そうに微笑んだ。それからわたしたちは一枚の大きなタオルケットにくるまって、テレビの深夜番組を音を消して眺めた。画面の光に青白く照らされた彼女の顔を、わたしは指でなぞってみる。額、鼻梁、頬、瞼。くちびるのすきまにそっとゆびをさしこんでみると、叶子はうっすら目を開けた。寝ぼけたまま甘噛みするのがいとおしくて髪をくしゃくしゃになでたら、そっとささやかれた。

「ねえ夕ちゃん、もしあたしがいなくなったらどうする?」

「死んじゃうかも」

そう言うと、叶子はねむたげに笑った。

「嘘つき」

「嘘じゃないよ」

わたしは叶子を安心させるように髪をなで、「もう目が半分とじてるよ。おやすみ」と囁いた。

彼女は身じろぎして、膝を抱くように丸まった。わたしもタオルケットにすっぽりと潜りこむ。額をくっつけると、高い体温が伝わってきた。目を閉じたまま叶子が呟く。

「夕ちゃん、死ななくていいよ。でもずっと覚えててね」

「うん」

目を閉じて、叶子の手を握る。指先までそっと、つつみこむように。

「おやすみ、叶子」


それが、わたしたちが一緒に出かけた最後の日となった。次の週になると、叶子はふたたび平井裕輔と遊ぶようになったし、わたしはまた図書館に通い出した。わたしの生活は少しずつ、叶子と出会う以前のものに戻ってゆく。水を吸った紙が乾いて、元のかたちをすこしずつ取り戻してゆくように。

彼女が抜けたあとに残った時間は膨大で果てしなく、けれどどこまでも自由だった。たしかに、坂は底へと近づいてきていたのだ。


「何それ」

わたしは思わず声を上げた。叶子が耳に髪をかけた拍子に、耳朶（みみたぶ）のあたりにきらめく小さな光が見えたのだ。

「何ってピアスだよ」

「叶子、いつの間にピアスあけたの」

「昨日。裕輔くんにあけてもらったの」

叶子はさらりと言い、箸でつまんだ卵焼きを口に入れた。金曜日の昼休み。叶子はめずらしくわたしの席までお弁当を食べにきていた。

「どうやってあけたの？」

動揺を押し隠すように、わたしは訊ねた。

ショックだったのだ。あの男の子が叶子のからだに傷を刻むことを、彼女自身がいともあっさりと許したことが。

「安全ピン突き刺してあけた。ぜんぜん痛くなかったよ、夕ちゃんもやってあげようか？」

わたしはあわてて「いいよ」と首を振った。耳朶に穴をあける、しかも安全ピンでするなんて信じられない。ピアスといい首絞めといい、叶子は自分の体をぞんざいに扱いすぎる。まるで、痛みの感覚がそっくり欠落しているみたいに。

わたしは腕を伸ばして彼女のピアスにそっと触れてみた。

「でもこれ、きれいだね。まるくて、銀色で」

「裕輔くんからもらったの。結構高かったんだって」

にこにこと、無邪気に笑いながら叶子は続ける。

「わざわざ隣町のモールまで行って買ってきてくれたんだよ。夕ちゃんにも何か買ってきてくれるように頼んでおこうか？」

わたしは唇を噛んで、首を横に振った。頭痛がする。叶子に悪気がないのは分かっているけれど、これ以上平井裕輔の話をしてほしくなかった。

窓の外を見ると、うすい小糠雨（こぬかあめ）が降っていた。霧のようなこまかい雨粒が白く烟（けぶ）り、あたりの空気を柔らかくゆがめている。

「最近、雨ばっかだね」

箸を止めて、叶子が言う。

「梅雨の時季だし仕方ない」

午後の授業を眠ってやり過ごし、放課後は久しぶりに叶子と帰った。バスに乗りこみ、いつもの席に着いた途端、急な眠気に襲われた。

叶子は喋りつづけている。数学の話、おもしろかった映画の話、近所に見つけたおいしいケーキ屋の話、それから平井裕輔の話。わたしは叶子の肩にもたれて、曖昧なあいづちを繰り返した。叶子の体は、あまい苺ジャムのような匂いがする。

バスの窓硝子に、次々と雨粒がぶつかっては砕け、伝い落ちていく。鼓膜に反響しつづける雨音と叶子の湿った声が溶けて混ざりあい、やがてひずんでいった。

「――それでね、血はあんまり出なかったんだけど、裕輔くんがすごく心配してくれたの」

わたしはぼんやりと叶子を見上げた。リップクリームを塗っているのか、唇が濡れたようにつやめいている。

「叶子、何の話をしてるの？」

訊くと、叶子は呆れたように言った。

「話聴いてなかったの？　裕輔くんとしたときの話だよ」

一瞬、呼吸が止まった。ざわっと鳥肌が立つ。顔から血の気が引いてゆくのが分かった。心臓がおおきく拍動し、次の瞬間、新鮮な血液が勢いよく注ぎこまれる。どく、どく、と激しく脈打ち続ける心音を感じながら、わたしはおそるおそる、もう一度訊ねた。

「何を、したって？」

叶子はきょとんとした顔でわたしを見つめ、そして言った。

「何って決まってるじゃない。セックスだよ」

その瞬間、道が途切れた。ついに坂の底に着いたのだ。全身の力が、一気に抜けた。

わたしは叶子の顔を見ながら、叶子が男の子とセックスした、と口の中で呟いてみた。けれど、何の感情も湧き上がってこない。頭のなかのどこか大切な器官が壊れてしまったのかもしれない、と他人事のように思った。

「じゃあ、朝一緒に登校するのはもう止したほうがいいね」

ようやく思いついた言葉を口にすると、叶子は驚いたように目を見ひらいた。

「どうして？　何でそんなこと言うの？」

「何でって、あの男の子に見られたら困るでしょ」

「困らないよ、全然。今までも大丈夫だったじゃない。夕ちゃん、どうして急にそんなこと言うの？」

瞳を潤ませて叶子が言う。わたしは叩きつけるように言葉を並べる。

「だってそんなの、知らない方がよかった。叶子が男の子としただなんて、そんなこと、わたし聞きたくなかったよ」

「あたし、夕ちゃんのこと大好きだから、隠し事とかしたくないから、全部共有したくてこうやって話してる」

むきになって反論してくる叶子は、もうわたしの叶子ではなかった。雨降る坂の上で笑う、わたしの叶子の姿はどこにもなかった。

わたしは目を瞑り、それからゆっくりと開けた。涙は、出なかった。

「それは叶子のエゴだよ。ぜんぶ話して共有して、隠し事さえしなければなにもかも受け入れてもらえるなんて、そんなことあるはずない」

せきとめ損ねた言葉があふれてゆく。どうしよう。止まらない。これ以上、叶子を傷つけたくないのに。

「だいたいどうして叶子はあの子と付き合うことにしたの？　わたしだけじゃ駄目だったの、それともわたしに飽きたの？」

「そうじゃない」

叶子が叫ぶ。車内の乗客の何人かがこちらに振り向いた。

「あたしはずっと、夕ちゃんがいちばん好きで大事なんだよ。裕輔くんに対する気持ちと、夕ちゃんへの気持ちは、ぜんぜん違う。夕ちゃんは、特別なの」

「でもセックスしたんでしょう」

低く呟くように言うと、叶子はぎゅっと唇を嚙み、泣きそうな顔でわたしを見た。

「わたしは、別にそれ自体は悪いことだとは思わないよ。でも、秘密にしておいてほしかった。わたしのことを本当に大切に思っていてくれるのなら、黙っていてほしかった」

喋りながら、わたしはいつかの叶子の言葉を思い出していた。「だってあたし、きもちいいこと大好きだから」。彼女のことだから、好奇心で行為に至ったのだろう。あのときの首絞めのように。わたしに対する良心の呵責なんて微塵も感じなかったにちがいない。

理性はだんだん明晰さを取り戻してゆく。まるで一夜の美しい夢から醒めたようだった。隣で叶子が泣いている。うつむいて、ときおり背中を震わせて、泣いている。何かが、終わってしまった。確実に。決定的に。

ふと外の景色を見て、慌てて降車ボタンを押した。いつのまにかわたしの町を通り越して、叶子がおりるはずのバス停に着いたのだ。うつむいたまま動かない彼女の手をひっぱり、通路を歩きながらわたしは思った。

恋の終わりって、案外あっけない。

バスから降りたわたしたちは橋の上で向かい合った。川の縁に沿って紫陽花が咲いている。蒼くこぢんまりとした花びらが、雨粒にうたれるたび、細かく震えた。ゆったりと流れるひろい川の水面に、雨の波紋が広がっては消えてゆく。欄干に背を預けながら、わたしは今日初めて叶子の顔をきちんと見た。まっすぐ揃えられた前髪の向こうには黒い瞳がふたつ、涙に濡れて光っている。

　わたしは息を吸いこみ、そして言った。

「きちんと言うね。わたしはもう、叶子のこと好きじゃない」

　叶子は表情を崩さず、わたしを見つめた。しっとりと濡れた黒髪から水が滴る。

「そっか」

　しばらく間をあけて、叶子はかすれた声で呟く。

「あたしね、今までこんなに人を好きになったことなんてなかったんだよ。あの水族館で初めて夕ちゃんにキスしたとき、夕ちゃんと出会うためだけにあたしは生まれてきたんだって、本気で思えた」

　叶子の長い髪が、雨まじりの風になびく。顔にかかった髪をかきあげながら叶子は続けた。

「でもね、今は裕輔くんのことも大切なの。夕ちゃんへの気持ちとは少し種類がちがうけど」

　そこで叶子は小さく笑った。強い風に、髪が舞い上がる。

「迷ってるうちに、先に夕ちゃんに拒まれちゃったね」

　雨が勢いを増す。空中に散った雨粒の一滴一滴が殴るように顔面にぶつかってくる。頬を濡らした水滴は、顎(あご)を伝って地面に落ちた。

　叶子の前髪が濡れて頰に張りつき、ひと筋の黒を引いている。愛しいなあ、と思った。いとしい、わたしの叶子。大好きだった女の子。子どものようにくちづけをねだり、おおきな瞳をきらきらとかがやかせて、いつも嬉しそうにわたしの名前を呼んでくれた叶子。ほんとうは誰よりもひとりぼっちな、わたしだけの女の子。

　わたしは叶子を引き寄せて、キスをした。心の底から慈(いつく)しむようにそっと唇をひっつけ、柔(やわ)く舌を絡ませ、やがてするりと抜ける。

「夕ちゃん、最後のお願いしていい？」

　濡れた瞳が黒く光る。香水のあまい匂いが鼻先をよぎり、ああ、耳鳴りが止まらないよ。

「あたしとエッチして」


　セックスはたしかに愛の証(あかし)でもあるが、生殖のいとなみの一部でもある。あたしたちの性交は、だからある意味では無益な行いなのかもしれない。でも、意味のないように見えることこそがほんとうの愛なんだと思う。

　叶子の家へ向かいながら、彼女はそんなことを話した。わたしたちが今からしようとしていることも愛の本質なんだろうか。確かに意味のないように見えるけれどきっとこれは愛じゃない、とわたしは思った。わたしたちを繋いでいたものは、決して、愛なんかじゃない。もっと淡くてはかない、言葉にしたら泡になって溶けてしまいそうなほど不確かなものだ。

橋を渡りきり、団地を抜ける。坂の上、すこし高台にあるクリーム色の二階建てが叶子の家だ。家の中は今日も誰もいないのか静まり返っていて、ほの暗いリビングには雨音だけが響いていた。フローリングの廊下を歩き、階段を上る。突き当たりのドアを開けて、見慣れたいつもの叶子の部屋に入った。

「本当にいいの？　嫌ならそう言ってくれていいんだよ」

椅子の上に鞄を置きながら訊ねる叶子に、わたしはまっすぐ頷いた。

「いいよ。大丈夫」

最後に、叶子に傷をつけたかった。かたちにのこるものじゃなくてもいい。いつか彼女が忘れてしまってもいい。わたしの手で、叶子のからだに何かを刻みつけることができたら。

まばたきの合間に、あの日のことを思い浮かべる。宇宙の底で悠々と舞うクラゲたちと、熟れた果肉のようにあまく柔らかだった、くちびるの感触。あの記憶は、今もわたしの心臓に深く彫りこまれている。

叶子は髪を耳にかけてピアスを外し、テーブルに置いた。そのまま立ちあがり、部屋のカーテンを閉める。粗い布地から、外の光がおぼろに射していた。つくりだされた暗闇の中、叶子は衣擦れのおとをさせながら雨で濡れた制服を脱ぎはじめた。心臓が痛いほどおおきく鼓動している。手のひらに滲んだ汗をにぎりしめて、わたしはスカートのホックに指をかける。音もなく床に沈んだセーラー服は、まるで抜け殻のようにみえた。まだ大人になりきれない、幼いわたししたちを護る殻。

視線を上げると、裸になった叶子がわたしを見つめていた。黒く濡れた瞳に色のない乳首、うす闇のなかでもわかるほどくっきりと浮きでた肋骨。

「夕ちゃん」

骨と皮膚とわずかな肉で構成された少女を、こわれないよう慎重に抱きしめた。叶子の顔がゆっくりとちかづいてくる。瞼をおろして、鼻と鼻を獣のように擦りあわせた。

「甘いにおいがするね」

湿った低い声が、ここちよく耳朶(じだ)を打つ。言葉も目配せもなしに、わたしたちは同時にくちびるをもとめあった。食(は)むように、あさく嚙むように。拙(つたな)いやり方で、でも必死に互いを欲して。

叶子の髪にゆびをからませて梳(す)きながら、ベッドに倒れこんだ。細い髪の一本一本がやわらかくほどけて、シーツに散る。叶子がためらうように伸ばしてきた手をとり、指先を触れ合わせる。くちづけをねだるように横から頰にキスすると、叶子は首をひねってわたしの唇を探しあて、もういちど舌を絡ませた。

叶子は痩せていた。華奢(きやしや)な肩は骨のまるいかたちがはっきりとわかるし、薄い皮膚は鳥籠のかたちをした肋骨を青白く透かしている。胸郭に耳をおしつけると、奥からゆるやかな振動が伝わってきた。叶子の心臓の音。鎖骨の下の平(たい)らかな皮膚に舌をよせる。香水と汗のまざった匂いがした。

匂(にお)やかな肌を、互いにすりつけあう。接点は仄かに熱をもち、そこから皮膚がぐずぐずにとけくずれてゆくようだった。乳房から脇腹にかけて舌を這わせながら、この時間が結晶になればいいのに、と思った。ほんのりと薄い桃色の、透きとおった宝石に。そうして永遠に、うつくしい光を放ちつづければいい。

　叶子は睫毛の隙間からじっと私を見ていた。カーテンの切れ目から射しこんだ外のひかりが瞳に溶けこみ、淡くかがやいている。

「夕ちゃんのおなか、舐めてみたい」

「え？」

　思わず訊き返すと、叶子はゆっくり唇を動かした。

「おねがい」

　骨ばった指がわたしの肩に触れる。と同時に上下が逆転した。つつ、と冷えた指先で肌をなぞられる。くすぐったさに身をよじっても、叶子は離してくれなかった。わずかに窪んだ肋骨の溝を、叶子は丁寧に舐めていく。一筋、また一筋。柘榴のように赤い舌がちらつくのを見て、おなかの下辺りがきゅっと引き締まる感覚がした。

　欲望は渦巻いて流れつづけ、時々、じゅんと湧き出る。湧きでた白い蜜に、赤く潤んだわたしのそこに、叶子は触れるのだろうか。触れてほしくない。

「もうやめよう」

　わたしは言った。

「もういいよ、叶子。ごめんね」

叶子は顔を上げ、しばらくして頷いた。わたしは立ち上がり、黙ってカーテンを開けた。いつの間にか雨は小降りになっていた。夕暮れの濃い光を浴びながら、わたしは抜け殻の制服をふたたび身につけた。叶子も黙ったまましばらく動かなかったけれど、やがて床に落ちたままの服に手を伸ばした。

淡々と下着をまとってゆく彼女の瞳に安堵の色が浮かんでいたのを、わたしは見逃さなかった。ほんとうは怖かったのだ、わたしも叶子も。わたしが言わなければきっと、彼女が切り出していた。

結局わたしたちは、非日常にはなりきれないのだ。どこまでも平凡な、ありきたりの、少女たち。鏡に映った自分自身に恋していただけの女の子。

セーラー服のスカーフを結びながら、叶子がぽつりと言った。

「こんなことされて嫌だったよね、ごめんね、夕ちゃん。でもあたし、夕ちゃんのこと、これからもずっと好きでいるから」

頰に微かな湿りを感じた。すぐに離される唇。淡い、砂糖菓子のようなくちづけ。じわりと疼(うず)く余韻だけをのこして、熱は一瞬で消えてしまう。

「夕ちゃん、好き。大好き」

叶子の腕の力が強くなる。このままふたりとも溶けて、ひとつのいきものになれたらいいのにと思った。女とも男とも違う、何か別のやわらかいいきものに。

わたしは叶子の耳に唇を近づけて、吐息を漏らすようにささやいた。

「ねえ叶子、水族館のクラゲをおぼえてる？」

「覚えてるよ。ほんとうに、きれいだったねえ」

「わたしたち、あんな風になれたらよかったのに」

「クラゲみたいに？」

「そう、クラゲみたいに」

雨の向こうで、夕陽が鋭く光っている。叶子はテーブルに置いたピアスを手にとり、髪を耳にかけた。本体にくっついているキャッチを外し、ピアスを傷口にさし込む。

柔らかく白い耳朶にあいたかすかな穴。平井裕輔が、叶子にあけた穴。まるく切り取られた皮膚は、肉は、どこにいったのだろう。

かちりと軽い音をさせて、ピアスは叶子の耳朶にくっついた。髪の隙間から、銀色の鋭い光が見え隠れする。

「帰る」

そろそろ頃合いだと思い、わたしはリュックを背負って立ち上がった。叶子も続いて立ち上がる。

「バス停まで送るよ」

わたしたちは並んで部屋を出た。ドアを閉める前、わたしは振り返って叶子の部屋を見た。きっともう二度と来ることのない部屋。夕暮れの光が部屋全体を照らし出し、壁や天井を橙(だいだい)に濡らしていた。あまやかな香水のにおいを肺いっぱいに吸いこんでから、わたしはドアを閉めた。

家を出ると、まだ雨はまばらに降っていた。紺青（こんじょう）に染まりかけた天蓋のそこかしこに、蜜いろの残光を滲ませた雲が散らばっている。透明な雨粒がぱらぱらと落ちてくるのを見て叶子はぽつり、天気雨だね、と呟いた。

叶子がビニール傘をひらく。わたしは叶子の方に身を寄せて傘の下に入った。

わたしたちはバス停をめざし、黙って歩きつづけた。手も繋がなかった。雨粒が落ちてくるたび、頭上に広がる透明の傘布と、その向こうにひろがっているぼやけた夕焼け空がこまかく震えた。

バス停に着くと、叶子は傘をたたんだ。湿り気を帯びたベンチにふたりで並んで坐る。叶子の前髪が湿って、頬に張りついていた。頬はわずかに紅潮し、睫毛は伏せられている。

「ピアス、見せて」

言うと、叶子は左手で髪をかきあげた。わたしは辺りに人がいないのを確認してから、叶子に近づき体をよじって耳を舐めた。叶子がちいさく叫ぶ。ふっくらとかたい耳殻に唇を近づけてかるく噛んだ。もうすこし歯に力を入れればちぎれそうな、柔らかい皮膚を舌でなぞる。ひたり、とピアスが舌に冷たい。ちいさなまるいピアス。平井裕輔が、叶子のために贈ったピアス。わたしはそれを舐めつづける。しずかに、丁寧に。舌で包みこんで、そっとねぶる。

叶子の耳朶の上に結晶した、わたしの知らない二人の世界。きらめく銀の粒の、なんとつめたいことか。つめたくてやさしくて、とてもかなしい。

「最後にキスしていい？」

かすれた声で叶子が訊く。返事の代わりに、わたしは目を閉じた。鼻先がこすれる。唇に熱を感じた。ローズリップ。ふわり、トリップする。瞼の裏に、クラゲはもういなかった。白い深海の淵で水圧に潰される寸前、唇が離された。

「やっぱりあのとき二人でしんじゃえばよかったね」

叶子が微笑みながら言った。視界の端にバスの赤い車体がちらつく。

「首を絞めて？」

「そう。お互いに、お互いの首をゆっくり絞めて」

低いエンジンの音とともにバスが止まった。わたしは立ち上がる。

「ばいばい」

いつもと同じように軽く手を振って、ステップを上がる。叶子は手を振り返さなかった。黙って、わたしを見つめている。うす青い空気を眼底に灼きつけているのだろう。決して忘れることのないよう、脳髄まで青く染めて。

窓から見下ろすと、叶子は顔を伏せていた。泣いているのかもしれない。けれどわたしは席を立たなかった。バスが走りだす。叶子のいる景色が後ろへ流れていくなか、銀の光を曳(ひ)いて滑落してゆく雨粒や夕空の橙色だけは、窓にはりついたままいつまでも剝がれなかった。

窓の向こうにたくさんのクラゲが泳いでいる。透明なかさに包まれた何百万匹ものクラゲたちが、ふわふわと、青い宙にただよう。さわろうと手を伸ばして、でも触れたのはつめたい硝子で、その向こうにはどうしても行けなくて、とどかなくて、わたしは初めて声をあげて泣いた。泣いた。

果肉と傷痕

裕輔(ゆうすけ)くんとセックスをするたびに、ピアスホールが疼(うず)く。彼にあけてもらってからもう一ヵ月も経つのに、未だ鈍く痛みつづけている。

夏の夕暮れ。六畳の和室は蒸し暑く、花びらを指先で擦りつぶしたようなえぐみのあるあまいにおいに満ちている。裕輔くんの額に浮かんだ汗の粒が、自らの重みに耐えきれず円(まる)い輪郭を破って零(こぼ)れおちた。湿り気を帯びた髪がベランダから射しこむ黄昏(たそがれ)のひかりを透かして杏色(あんずいろ)にかがやく。そっと腕を伸ばして前髪を触ってみたけれど、彼はかまわず動きを速めつづけ、やがて小さく呻(うめ)いて果てた。無数の泡粒がからんだ白い粘液とともに性器を引きずり出したあと、うつぶせになって息を整える彼を横目に、あたしは体をおこしてテーブルの上のとうにぬるくなったオレンジジュースに手を伸ばす。

「痛くなかった?」

心配そうに訊(たず)ねてくる裕輔くんの頬に畳の痕(あと)があかくついているのを見て、あたしはくすくす笑った。かわいい。

なんで笑うんだよ、と不服そうな彼のくちびるをふさいでおおきな体をだきしめる。肩につよく鼻を押しつけると、太陽のにおいがした。陽射しを浴びて浅黒く灼けた、健全な体。裕輔くんはあたしの髪をそっとはらい、耳朶をやさしく嚙んだ。ピアスホールに舌先が触れると、傷がさらに疼いて熱を持つのが分かった。搔きむしろうと伸ばした手はたやすく抑えられ、もういちど舐められる。吐息をこぼしながらもどかしさに耐えていると、いつの間にかふたたび体が熱をもちはじめていた。裕輔くんは「叶子、ほんとに耳弱いよな」と呟きながらもう片方の手で太腿をなぞる。あたしは抵抗せず、力を抜いて彼に体を預けた。彼の唾液で濡れた傷は、じわじわと痛みを増してゆく。


裕輔くんの家からの帰り道、いつものケーキ屋さんに寄ってラズベリーパイと白桃のショートケーキを買った。今日の夜ごはん。

帰宅すると、家にはだれもいなかった。静まりかえった中でシャワーを浴びてから、冷房を強めに設定した自室で買ったばかりのスイーツを食べた。白桃の蜜がかかったスポンジをくちにはこぶ。つめたいカスタードクリームが喉をすべり落ちてゆく。甘酸っぱい果肉のコンポートとさくさくしたパイ生地が舌の上で合わさって溶ける。ひんやりとあまいケーキを、あたしはどんどん食べてゆく。

きちんとごはんを食べなくなったのは、母が夜もパートに出かけるようになってからだ。最初のうちは、毎朝台所のテーブルの上に用意されている千円札で食材を買ってきて料理をしていたけれど、次第に面倒になってきて、今ではできあいのもの、それも大好きなスイーツしか買わないようになった。気づいているのかいないのか、母は何も言わない。そういえばしばらく顔も見ていないな、と思いながらパイの最後のひときれを口に放りこんだ。生地の中から甘いクリームがとろけ出てくる。誰もいない家に、咀嚼（そしゃく）の音だけがひびく。

　父が出て行く前はこうじゃなかった。母がパートに出なくても充分やっていけていたし、夜ごはんも三人そろって食べていた。両親から注がれるぬるま湯のような愛情にくるまれていたあの頃のあたしは、家族なんて些細なきっかけですぐに壊れてしまうということを知らなかった。もしかすると他の家はそうではないのかもしれない。あたしの家だけが特別に脆（もろ）かったのかもしれない。あたしたちをきつく結んでいた紐がゆるみ、ほどけ、散らばってゆくのを、どうすることもできずに眺めながら、そんなことを思っていた。あたしの父だけが、特別に弱かったのかもしれない。

　ケーキはすべて食べ終えたのに、かすかな香りがまだ部屋に漂っている。砂糖漬けのフルーツのにおい。指先についた生クリームをねぶりとってから、ケーキをつつんでいたフィルムを手にとって舌を沿わせる。溶けたクリームは下品なほど甘かった。あの人のことを思い出したからだろうか、耳朶だけでなくかつての傷痕さえもが疼きはじめたのを感じながら、唾液にまみれたフィルムをごみ箱に捨てた。


　午前八時半。いつも通り始業の三十分前に登校して友だちと他愛ないお喋りをしていると、教室の後ろの扉があいて誰かが入ってきた。夕（ゆう）ちゃんだった。誰とも挨拶をしないでまっすぐ自分の席へと向かい、静かに荷物をおろして坐る。あたしはとっさに目を逸らしたけれど、彼女が絶対にこちらを見ないことは分かっている。もう、ずっとそうなのだ。目も合わせてくれないし、もちろん喋ってもいない。もともと夕ちゃんはどこのグループにも入っていなかったから喋らないこと自体は別に不自然なことではない。それでも夕ちゃんはあたしを意識的に避けていた。とても寂しいことだけれど、彼女がそうしたいならあたしもそれにあわせるしかない。

もう二度とあの関係にもどれないことは分かっていた。あたしたちは終わったのだ。セックスさえも叶わないまま、終わってしまった。彼女のことは今でも好きだけれど、この均衡を破って話しかけようとは思わなかった。拒絶され、あの日々の記憶まで否定されてしまうかもしれないと思うと怖かった。

本を読む彼女の横顔を、そっと盗み見る。気のせいか、あれからすこし痩せたようだった。曇り空の、けだるい午後。授業を聞き流しながらそっと窓の外を見ると、夏空に似合わない暗い灰色の雲が、風に押されるようにゆっくりと流れてゆくのが見えた。どこか遠くから、かすかに雷の音がきこえる。机の下で携帯をひらくと、教室のいちばん端の席に坐っている裕輔くんからメールがきていた。

——明日、ほんとうに会うの？　天気予報じゃ雨だって。

すぐに返信する。

——あたしは会いたい。雨降ったら裕輔くんの家に行かせてよ。

前々から約束していたのだ。夜の逢瀬。外でしてみたい、と誘ったのはあたしの方だった。裕輔くんはすこしおどろいたような顔をしたけれど、一度だけならと了承してくれた。それから二人で場所を考えた。学校、公園、公衆トイレ（これは即却下された）、スーパーの駐車場の隅。どれもすぐ見つかってしまいそうなところばかりでなかなか決まらなかった。もう普通のホテルでいいか、と諦めかけたとき、裕輔くんが思いだしたようにぽつりと言った。

「たちばな植物園は？」

「何、どこそれ」

「四月に学年で行った水族館あるだろ。あそこの裏手にある小さいガラスドームみたいな場所」

「あー、子どもの頃行ったことある気がする」

「あそこ、去年閉園したんだよ。たぶんどっかから忍びこめるって」

詳しいね、と言うと裕輔くんは「おれの家、実は結構近いから」と微笑んだ。

一時間だけの授業を終えると終業式のために体育館へ行き、大掃除のあと放課になった。リュックに夏休みの課題と教科書を詰めこみ、眞子と一緒に教室を出る。

「叶子、今週の夏祭り行く？」

眞子はあたしよりずっと背が低いから、いつも下から覗きこむように話しかけられる。彼女が首を傾けた拍子に、肩の高さに揃えられた髪がするりと落ちた。

「行くよ。眞子は？」

「塾の補習で行けないの。叶子は彼氏と?」

「うん。そのまま裕輔くんの家にお泊まりする」

いいなー、ほんと羨ましい、と眞子は言いながら髪を耳にかけた。彼女は両耳にピアスをつけている。恋人にあけてもらったんだよ、と幸福そうに微笑む彼女が羨ましくて、あたしは裕輔くんにピアスをあけて欲しいと頼んだのだ。

眞子と別れてバス停のベンチに坐り、自分の耳朶をさわってみた。なめらかなうすい皮膚にくっついている、銀色のちいさな粒。

裕輔くんはとても上手にホールをあけてくれた。消毒液をふくませたコットンが耳朶にふれ、「いくよ」と囁かれたときにはもう、針は貫通していた。想像していたより痛くなかったことに落胆しながら、樹脂ピアスを挿した。もう片方の耳朶にも穴をあけてから、裕輔くんと初めてのセックスをした。体のなかのなにかがちぎれる感覚がしたときに初めて、あたしは恐怖を感じた。外からの、体の表面への打撃ではなく、体のなかの肉が内側からこわされてゆく未知の感覚。思わず裕輔くんにしがみつくと、同じように抱きしめ返された。

終わったあと、あけたばかりのピアスホールをいたわるように舐められて、この人はあたしのことがほんとうに好きなんだな、と思った。大きくて順従な動物を飼っているような気分だった。必死にあたしを求めてくる裕輔くんが、いとおしかった。夕ちゃんのことを忘れたわけではもちろんなかったけれど、期待に似たよろこびがふつふつと沸いてきた。この人なら、あたしを満たしてくれるかもしれない。夕ちゃんが首を絞めてくれたように、その逞しい腕であたしにすさまじい快楽をあたえてくれるかもしれない。

結局、それは未だ叶っていない。裕輔くんはとても優しかった。いつも大切に、丁寧に、扱ってくれる。あたしは歯痒くて仕方がなかった。夜の逢瀬をせがんだのも、そのためだ。屋外という状況が何かの刺激になってくれるかもしれない。

実はあたしは、裕輔くんとのセックスで達したことがまだ一度もない。彼が悪いのではない。原因は、あたしの方にある。けれど、どうすることもできない。しかたなく、あたしは達したふりをする。裕輔くんが傷つかないように。彼に、あたしの壊れた官能を悟(さと)られないように。


翌朝、十時過ぎに目が覚めた。夏休みの課題をすこしだけこなし、午後はペディキュアを塗りなおしながらゴダールのＤＶＤを観た。空調を効かせた暗い部屋で、平(たい)らかに凪(な)いだ海を映したテレビの画面だけが青く光っていた。観終わった後、夕飯のパスタサラダとチョコレートケーキを食べてから、淡い色のシフォンワンピースに着替えた。

外に出た途端、夕暮れのやわらかい空気が体中にひたりとまとわりついた。うすやみの底の住宅街は、深海に沈んだ古代遺跡群のようだった。まみどりいろの藻がびっしりと壁にこびりつき、魚たちはからっぽの家々を遊弋(ゆうよく)する。水面の空には菫色の雲が澱(よど)み、そのむこうにはきいろい月がかがやいている。

待ち合わせ場所の公園は街のなかでもひときわ暗く沈んでいた。二人掛けベンチのすぐ隣、自販機の傍に佇む裕輔くんの姿を見つけて駆け寄る。

「ごめん、おそくなった」

裕輔くんはゆっくり振り向き、口元をゆるませて笑った。白く濁ったひかりで照らされた彼の顔は丁寧に彫りこまれた大理石の像のようで、あたしはすこしだけ見惚れた。

自転車の荷台にまたがると、すべるように車輪が回りだす。裕輔くんの腰に腕をまわすと、うすいシャツ越しに密度の高い硬い筋肉が感じられた。

「家を出る前、大変だったんだよ。アカネがまた脱走して」

アカネというのは裕輔くんが飼っているペットの名前だ。つめたく硬い鱗をもった、まっ白の蛇。初めて見たときはおどろいた。部屋のなかで爬虫類を飼いたいという欲求は、いったいどこからやってくるものなのだろう。

「それで誰が見つけたの？　今度もお母さん？」

「ううん、おれ。浴槽でとぐろ巻いてた。家族がいない日だから良かったけど」

自転車は坂道にさしかかる。ちょっと立つよ、と呟いてから裕輔くんは立ち漕ぎの姿勢になり、坂を越えた。ふたたびサドルに坐った彼の背中に頬をつけると、湿り気のある熱が伝わってきた。空をみあげると、未だ曇ったままで星ひとつ見えなかった。「もうすぐ降るかもな」と裕輔くんが言った。

植物園に着くころには、雨の気配はますます濃厚になっていた。さっさと場所見つけよう、と懐中電灯を片手に歩きだす彼の後ろについてゆく。雑草をかき分けるあたしに、裕輔くんは「ここはもともと前庭だったんだ」と言った。

「あれが噴水」

石づくりの四角い水盤を指さしながら彼が言う。懐中電灯を向けると、底に溜まっている乾いた落葉がぼんやりと照らしだされた。夜の廃園は森閑としていて、世界の涯のようだった。荒れた花壇を踏み越えるとやがて、脱皮した生物の抜け殻のような硝子の温室が見えてきた。

「ここから入れそう」

裕輔くんにつづき、壁が大きく割れた隙間に身をくぐらせて温室に入った。

むせかえるような草いきれが、廃墟の植物園を満たしていた。錆びた鉄骨が張り巡らされた天井はひび割れ、そこからぬるい夜風が吹きこんでいる。睡蓮の池はとうに枯れ果て、水盤の上には砂埃が厚く積もっていた。南国の木々は根元にくすんだ色の乾ききった果実を落としたまま立ち枯れ、温室の中央にある東屋の屋根には、夜露に濡れたやわらかそうな苔がみっしりと載っている。

生命力の強いいくつかの草花は、訪れる人のいない温室で繁殖し、成長していた。なかでも蔓草はほかの植物のからだを借りてさまざまなところで葉を茂らせている。蔓に巻きつかれた大樹の、傷ついた幹の傷から滲みでている琥珀いろの樹液には、夜に棲む虫たちが群がっていた。懐中電灯のひかりを向けると、ぱっと飛び散って闇に溶ける。

「あそこにしよう」

裕輔くんは羊歯の繁みの昏い陰を指した。叢をふみわけてそこまで辿りつくと、彼は躊躇なく服を脱いだ。均整のとれた、榛いろのからだがさらされる。

彼は灯りをつけたまま懐中電灯を地面に置いた。黄色みを帯びたしろいひかりが、立ちのぼる土埃を照らしだす。淡い暗闇のなか、あたしたちは向かい合った。裕輔くんは手探りでワンピースのボタンを外してゆく。見上げると、羊歯の葉の一枚一枚が黒い影となって青色の闇を侵食していた。草陰に潜むちいさないきものたちの微細な息づかいが硝子の円蓋にひびいている。ようやく全て外し終えると、裕輔くんは「手をあげて」とささやいた。言われたとおりにすると、そのまますると服を脱がされた。

裕輔くんは、まるで初めてみたいな手つきであたしの乳房に触れた。ぎこちなく、でも丁寧に。そのなまぬるい愛撫に眉をゆがめて耐えながら、もっとひどくしてくれてもいいのに、と心のなかで呟いた。引っ掻いて、傷つけてくれてもいいのに。

下着をおろされ、指が肉に触れる。ほとんど反射のような喘ぎが漏れる。肌のしたで柔らかくつぶれた草が青い匂いをたてる。

ぜんぜん、だめだ。まだぬるい。肌をさらさらとなでる大きな手のひらを感じながら、あたしは小さくため息を吐いた。何にも、きもちよくない。ただくすぐったいだけだ。

たしかに裕輔くんは、いつもより積極的にあたしを求めようとしてくれていた。こんな時間に、こんな場所で、こんなことをしているという背徳感が、裕輔くんの動きを普段より大胆なものにしていた。けれど、まだ足りない。もっともっと、ほしい。乳房にくちびるをつけ、優しく吸いあげる彼の髪をなでてあげながら、あたしはもう片方の手を自分の太腿に伸ばす。そうして、裕輔くんに気づかれないように、そっとつねった。たちまち痛みが全身を駆け巡る。敏感な部分に近いからだろうか、鮮烈な痛みだった。あたしは息を吐き、もういちどつねりあげる。今度はさっきよりもすこし、力を込めて。ああ、と思わず息をこぼすと、裕輔くんは顔をあげて微笑み、ふたたび乳房に顔を埋める。

　辺りに、夜の透明な粒子がみちていた。ここはまるで深淵だ。砂埃が舞うその向こうに、ちろちろとひかりが瞬く。痛みが背骨を抜けて頭蓋にひびくたび、視界が鮮明になる。あふれる蜜が裕輔くんのゆびさきを濡らし、あたしはまた、太腿をつねる。きっともう痣になっているはずだ。

　痛みは快楽を内包しているのだと知ったのはいつ頃だっただろう。殴打は愛撫だ。傷つけられるときも、どこかで仄暗い快楽を感じていた。

　唐突に、熱が吐き出された。おなかのなかがなまぬるく満たされてゆく。彼は荒い息を吐き出しながら体勢を整え、次の爆発に向けて律動を始めた。剝きだしになったあたしの背中が地面に触れる。皮膚のしたで砂粒が擦れる音を聞きながら、もっとほしい、と思った。こんなぬるい痛みでは達せない。つまさきから頭のてっぺんまでをつらぬくような痛みがほしい。

　彼の背中に手をまわし、うすく汗をかいている褐色の肌に浮き出た背骨をなぞる。まるで獣だ。あたしを食べようとしている獣。

食い破って、と心のなかでつぶやく。皮膚をやぶり、血をすすり、骨までぜんぶ、たべて。死んでしまうほどの痛みを、苦しみを、快楽を、あたしに感じさせて。ピアスホールが、じんじんと熱を帯びていた。

ほてりきった体を夜風にさらして冷ましていると、ふいに、遠い潮騒のような音がひびいた。すこしずつ波音はおおきくなる。雨だ、と隣に寝転んでいた裕輔くんが呟いた。たちまち温室は雨のにおいと湿気につつまれる。あっという間に雨は土砂降りになり、天井の壊れたところからも落ちてきた。雨音は硝子の温室に反響し、空気を震わせる。

「風邪ひくよ」

裕輔くんは起き上がってあたしのワンピースを拾い、すっぽりと頭からかぶせてくれた。服を着たあたしたちは、雨脚が弱くなった瞬間を見計らって温室を出た。すぐにまた雨がつよく降りだして、裕輔くんは自転車の方に駆け寄りながら「早く!」と叫んだ。どうせ濡れてしまうのに、とあたしは思い、それから裕輔くんを見て微笑んだ。こんな些細なことにも必死になれる彼を、かわいいと思った。

彼の家に着くころには、あたしたちはびしょぬれになっていた。両親が眠っていることを確かめてから、裕輔くんはシャワーを貸してくれた。雨と汗を洗い流したあと、脱衣場でからだを拭いていると、扉の隙間から白いキャミソールを差し出される。

「まだ叶子の服濡れてるし、とりあえず着て」

「これ、裕輔くんの?」

「まさか。姉ちゃんのだよ。もう結婚してて、うちにはいないけど」

あたしは礼を言って、キャミソールを身につけた。

交代で裕輔くんがシャワーを浴びているあいだ、あたしは彼の部屋で時間をつぶした。本棚と冷凍庫と、それから水槽の置かれた部屋。上からそっと水槽を覗いてみると、枯葉の下へもぐりこんでゆく白い鱗がちらりと見えた。アカネはひどく臆病で、他人を見るとすぐに隠れてしまうそうだ。

それからしばらくして、首からタオルをさげた裕輔くんがやってきた。ジュースのグラスをふたつのせたお盆をもっている。水槽にふと目をやり、そろそろ餌あげないとな」とお盆を机の上に置いた。

「蛇ってなに食べるの?」

「冷凍マウスだよ」

裕輔くんは本棚の隣に置かれた小型の冷凍庫からポリ袋を取りだし、あたしに見えないようになかみをタッパーにあけて部屋に置いてあったケトルからお湯をそそいだ。

「凍ったネズミって、きもちわるくない?」

「うん、最初のうちはぜんぜん触れなかった。でも慣れたら案外平気だよ」

しばらくすると、裕輔くんは窓から裏庭に向かってタッパーの水を捨て、またお湯をそそいだ。それを何度か繰り返したあと、解凍し終わったらしいくったりとやわらかそうなネズミを水槽の底にそっと置く。しばらくふたりで見つめていたけれど、アカネが出てくる気配はない。

「人が見ていると食べないんだ」

裕輔くんが申し訳なさそうに言った。彼が階下で手を洗ってからあたしたちはベランダに出て、ジュースを飲んだ。しずかな夜だった。時折、氷がグラスにぶつかる涼やかな音が響いた。

叶子は首がきれい、とぽつりと彼が呟いた。

「首？」

「うん。うなじのラインがすごくきれい。あと唇も好き。いつも赤くて、ぽってりしてる」

あたしは彼に微笑み、首筋に唇をおしあててあげた。鎖骨までを唇で愛撫しながら、アカネはもうネズミを呑みこんだだろうか、とぼんやり考えた。お湯で濡れたやわらかい毛並みに牙をつきたて、肋骨の白い籠を壊し、まだあたたかい臓器をのみこむ。とっくに脈動することを止めた豆粒のような心臓を舌の上でじっくりと崩す。心室からとろけ出たつめたい血のひとしずくが、濡れた毛皮やくろくみひらかれたまるいひとみとまざりあって、酸でゆっくり溶かされる。そうして一匹のちいさな獣のいのちをとりこんだ蛇は、退化した鼓膜(こまく)であたしたちの声を振動としてかんじながら、しずかに微睡(まどろ)むだろう。

そう考えたと同時に裕輔くんの手のひらがやさしく背中にまわり、あたしはつまさきだちをして彼の唇にくちづけてみせた。

その夜、いつもの夢を見た。具合の悪いときや体の調子がよくないときに、かならず見る夢だ。あたしの体は胸の真ん中から陰部まで一直線にぱっくり裂けていて、そこからとめどなく血があふれつづけている。身を貫くような痛みに耐えていると、どこからか顔のない男たちがやってきて傷口に群がりはじめる。男たちはすする。あたしの血を。肌を伝う黒々とした血を。舐める。飲みこむ。ざらりとした舌が這うたび、硬く尖った味蕾の一粒一粒が肌をこまかく裂く。痛みと快楽が絶妙にからがりあい、共鳴し、あたしは一気に頂点にのぼりつめる。傷口はますますひろがりつづけ、やがてあたしはひとつのおおきな傷となる。新鮮な血をぬらぬらとしたたらせる、ふかい傷。滾りたつ男の熱をのみこんではあたらしいにんげんをつくり出す、神にも似た傷口。

　目を覚ますと、もう昼時だった。全身が汗でぐっしょりと濡れている。額にはりついた前髪を右手でかきあげながら、ふと違和感を感じてもう片方の手を下着のなかにすべりこませると、ねっとりとした粘液がからみついた。おそるおそる手を引き抜くと、指先は真っ赤に濡れていた。

　生理がくるたび、両足のあいだにある切れこみは傷口なのだと感じる。あかくひらいた、女の傷口。月経の時期は経血を吐き出すし、性器をさしこまれると痛みと快楽がないまぜになって白く噴きだす。今も世界中で多くの女の人が傷口から血を滴らせながら歩いている。

あらたな人間をうみだしている。世界は、痛みと傷にまみれている。

あたしに初めて痛みをあたえたのは父だった。いちばんはじめの暴力は、下腹への蹴り。前後のことは何も覚えていない。ただ、痛みの記憶だけがある。ぽっかりと投げ出されたように。そこに。ずっと。

二年前、父と母は離婚した。原因は当時のあたしにはよくわからなかったけれど、別れる直前のふたりは互いに心の底から憎しみあっていた。

父は家を出たあと、隣町のアパートにひとりで住んでいた。最初にそこを訪れたきっかけはたしか、母に頼まれたおつかいだった。離婚に関する書類の手続きで、顔も見たくない、という理由からあたしが行かされたのだ。

冬の朝だった。父は、快くあたしを迎えてくれた。石油ストーブに火がついていて、部屋の空気をゆるやかに暖めていた。熱いココアを飲んだことを覚えている。それからなにか甘いものを食べさせてもらった。書類を手渡すと、父は首からぶらさげた老眼鏡をかけてそれを読んだ。静まりかえったなか、台所で薬缶が白くほそく湯気を吐きだしている。あたしはぼんやりと、窓の外の灰色の空を見ていた。

とつぜん、父が舌打ちをした。汚いことばを吐いて、老眼鏡を畳に投げ捨てた。思わず身をかたくして息をころしていると、父と目が合った。それからのことはよく覚えていない。気がつけば、痛みがあった。みぞおちへの、殴打の痛み。やつあたりだったのだろう、と今では思っている。決して意図しない、突発的な暴力。父は帰り際、誰にも言うな、とささやいた。母さんにも言うな。言ったら、許さんからな。あたしは必死に頷き、それから逃げるように部屋を出た。雪の降りしきる中、空気はつめたく冷えていたけれど、あたしのからだは燃えるように熱かった。おなかが痛くて、帰宅してすぐにトイレにこもった。指でそっとさわってみると、とろとろしたものが糸を引いた。いそいでティッシュでぬぐって見ると、一面にべったりと、茶色い液体がついている。初潮だった。傷つけられたのだ、ととっさに思った。身体的な意味だけではない。これまでに築いてきた父とのささやかな関係と信頼に、ふかい傷がはいった。そしていま、こんなにもあふれでてくる。どろどろと、澱（おり）のような、古い血が。

　ティッシュを何枚もつかって、あたしは傷口を拭いた。とまらない血を拭きながら、声をころして泣いた。中学二年生の、冬の日だった。

　それから母は、あたしを何度かおつかいに出した。アパートを訪れるたび、父はあたしに暴力を振るった。頬を殴られる日もあったし、ある場所だけを何度も執拗に蹴られる日もあった。母は気づいていなかった。もしかしたら気づいていたのかもしれないけれど、あたしを助けようとはしてくれなかった。

　やがてあたしは壊れはじめた。からだ、ではない。若くみずみずしい細胞はすぐに再生し、傷や痣は数日ですっかり癒えてしまうから。壊れたのは、官能だった。

　快楽は全く意図しない方向から突如やってきて、一瞬でからだを支配する。何がその人にとって快楽の対象になるかは分からない。愛する異性と寝ることかもしれないし、同性かもしれないし、もしかすると人ではないものに対しておさえきれないほどの劣情を抱くかもしれない。あたしは暴力のなかに、それを見つけてしまったのだ。意思に関係なく、からだは勝手に快楽を感じて蜜を零しはじめる。

傷、傷、傷。あたしの体は傷だらけ。増えてゆく傷たちをどうすることもできないまま次第に痛覚は麻痺してゆき、やがてその最深でひそかに息づく快感だけを享受するようになった。

殴打されると、皮下で血液が青く濁る。

皮膚が破れると同時に繊(ほそ)い血管がちぎれ、血液が、あたしの官能が、ほとばしる。

次第にあたしは、さらに強い痛みを、快楽を、求めるようになった。あたしの鈍い感受性は、ピアスや首絞めや暴力や、破瓜(はか)の痛みさえをもすべて曖昧(あいまい)にぼやけさせてしまうのだ。苦痛と死と快楽はなまなましく類似していると書いたのは誰だっけ。もっとつよく。もっとひどく。思いきり。容赦なく殴って。蹴って。絞めて。身を貫く痛みでしかきもちよくなれない。

なんていびつな、あたしの官能。

階下に降りると、めずらしく母が台所に立っていた。開け放たれた窓から射しこむ光が、リビングの床やソファに散らばり落ちて揺れている。

「おはよう、叶子。トーストたべる?」

あたしは頷いてテーブルに着いた。ラジオから流れるニュースを聞きながら、目の前に置かれたトーストに苺のジャムをたっぷりのせて食べた。母は立ったままコーヒーを飲んでいる。

「これからちょっと出かけてくるから。夕飯は適当に食べておいて」

手渡された千円札を、あたしは黙って受け取った。洗面台で口紅をひく母を横目に皿を洗ってから、二階の自室へ戻って鍵をかける。まだカーテンを閉めたままの薄暗い部屋で、あたしはふたたびベッドに寝転がった。

母にはたぶん、恋人がいる。あたしが気づいていないとでも思っているのだろうか。父と別れた原因のひとつがその恋人の存在だったということも、自分だけの秘密だと本気で信じこんでいるのだろうか。

大人はみんな馬鹿だ、と思う。自分が大人だと信じている人間は、どうしようもなく馬鹿だ。世界は自分の思うままに動いているだなんて、どうしてそんな風に思えるのだろう。なにもかもうまくいっていると、どうして信じこむことができるのだろう。こんなにも、ままならないのに。

いつのまにか眠ってしまったようだった。時計は四時過ぎをさしている。体が重怠(おもだる)く、思考がうまくはたらかない。ぼんやりした頭でテレビをつけ、DVDばかりをしまった棚から一枚選んでデッキにセットした。雪に降りこめられた団地を舞台にした北欧映画。美しい少年と美しいヴァンパイアが恋に落ちる。中学生の頃に観てからずっと、最後のシーンが瞼の裏に焼きついている。雪のいろをした肌に散らばる血痕。プールの底に沈む切り取られた腕と、その断面から覗くあざやかな赤。グロテスクな美しさから目を離せない。うつくしいものと醜いものの境がわからなくなる。

テレビをつけたまま、そっと下着に手を伸ばした。ごわごわとしたナプキンを指でおす。浅い快感を感じながらふと、中学生のとき姿見でじぶんの裸を見たことを思い出した。父のアパートから帰宅した直後で、夕暮れ時だった。

服を脱いだ瞬間、息をのんだ。首筋から脇腹にかけて浮かぶ、おびただしい量の痣。肌にいろづく朱の濃さに思わず呼吸を忘れた。白いお腹に赤い花びらのような痣がいくつも散っている様は、冬の朝、ま白にひかる積もりたてのやわらかな雪だまりに紅椿がほつほつと零れている光景を思わせた。

いつの間にか、映画は佳境にさしかかっていた。美しい女の子が、浴室で大人を殺している。飛び散る赤に見とれながら、もういちど自慰を始めた。下着に手をさしいれて、ゆったりとかきまわす。血と体液がまざりあう音がひびく。

この傷は、体中に散らばっているどんな傷よりも赤く艶やかで、淫靡だ。露出した肉はあふれ出た体液に濡れて真っ赤に腫れあがり、熱い果肉のようにつややかでみずみずしい。そっとなぞると、粘液が細い糸を引く。

ここが、出口。父からうける暴力の痛みは快楽に変換され、ここから排出された。腹を蹴られる痛みも、首を絞められる苦しみも、すべての苦痛は傷に収束し、とろとろになるまで煮詰めた快楽となってこぼれ落ちるのだ。

　血の代わりに蜜を。痛みの代わりに、快楽を。壊れたあたしの官能の回路は、もう二度と元に戻らない。誰にも言えない秘密をかかえて、今夜もあたしはゆがんだ欲をもてあます。

　ある朝、ピアスを一粒なくしてしまった。顔を洗ったあと、いつものようにピアスケースからとりだした小さな粒を、耳にあいたかすかな穴にさしこむ。もう片方のピアスをつまんだそのとき、指先からするりと滑り落ちた。あっという間のことだった。洗面ボウルの白い底に沈んだ銀の粒は、蛇口からほとばしる水流におされて排水口へ吸いこまれてゆく。

　叱られる、とぼんやり思った。せっかく買ってもらったのに。きっと裕輔くんは怒るだろう。

　ため息を吐きながらTシャツの上にパーカーをはおり、長い髪をふたつにまとめてゆるく結ぶ。

　外に出ると、するどい日差しが蝉時雨(せみしぐれ)とともに降ってきた。団地の道路の遠くで陽炎(かげろう)が揺れている。小走りで坂道をおり、バス停をめざす。ベンチに坐ると、顔や首筋に汗が滲んだ。真夏の白昼、住宅街には人影ひとつない。ときおり、車がのろのろと走り抜けてゆく。

　ようやくやってきたバスに乗りこみ、数十分揺られて目的の場所に着いた。ステップを降りると、目の前に群青色に塗りこめられた四角い建物がそびえている。受付で年間パスポートを提示して入館した。冷房が効いた薄暗い館内を歩き、目的の場所にようやくたどり着いた。手すりにもたれながら、鞄からペットボトルをとりだして水を飲む。ほっと息を吐き、あらためて巨大水槽を眺めた。いろんな大きさ、いろんな種類の生きものがひとつの水槽にとじこめられて、悠々と泳いでいる。巨大な鮫が小魚の大群を割って沈む。いびつな頭のナポレオンフィッシュがものうげに岩場を泳ぎぬけてゆく。

　あの日、学年でこの水族館を訪れて夕ちゃんと出会ってから、年間パスポートを買って何度もひとりで足を運んでいる。ひかりの網の底で透きとおって骨まで見えるグラスフィッシュたち。瑠璃（るり）色のひれをひらめかせて泳ぐ水中花のような闘魚。昏い水底によどむ古代魚。そして、硝子の箱にとじこめられたたくさんのクラゲ。水のなかに棲むいきものたちがうつくしく見えるのは、そのふしぎな造形のせいかもしれない。硬く鮮やかな鱗につつまれたいきもの。ゼラチン質のからだで浮遊するいきもの。あたしたちが決して持ち得ない、芸術品めいた美しさをもつそれらのいきものを眺めている時間が、たまらなく好きだった。

　それにここにいると、夕ちゃんとの思い出がかんたんによみがえってくる。大好きな、いとしい夕ちゃん。あたしの首を絞めてくれた女の子。目を閉じるだけで、今でも指の感触を思い出せる。おずおずと、でも容赦なく力をいれてゆくつめたい指。彼女はたぶん気づいていなかったけれど、あのときあたしは何度も達していた。白い果てに沈みながら、死んでしまってもいいとさえ思うほど、きもちよかった。

　快楽の記憶は、今も感覚の奥深くに根差して生きている。父からあたえられた痛みも、この水の箱に囲まれた薄暗闇の空間ではたやすく思い出すことができた。

父の暴力は、淡々としていた。声を荒らげるでもなく、ただ力を振るう。平手が肌を打つ衝撃。背中への打撲。脇腹への蹴り。息もできないほどの痛みのなかで、あたしは徐々に刺激に感応してゆく。蜜があふれだすのを感じながら、あたしは胎児のようにからだをちいさくまるめる。肩を蹴られて倒れこんだあたしの髪を、父は思いきり引っ張った。頭蓋から頭皮を剝がしとられるような激烈な痛みに、おもわず喘ぎにも似た呻き声を洩らす。

父はつづけてあたしの腹を踏みつけた。内臓が圧迫され、足裏とおなじかたちに歪むのがわかる。嘔吐感と共に酸っぱい胃液が喉元までこみあげてきて、えずいた拍子に唇の端から唾液が伝った。脳がとろけて顔中のあらゆる穴からこぼれおちてしまいそうなくらいのすさまじい快楽のなかで、濡れた下着の感触がやけに生々しかった。

普通の暴力に飽きてくると、父はどこからか細い布をとりだしてきてあたしの両眼を覆った。視覚が奪われると、途端にからだじゅうの感覚が鋭敏になる。

暗闇のなかで、あたしはどうしようもない怒りと、苛立ちと、悲しみを覚えた。父ではなく、自分自身に対して。

父の理不尽な暴力に対する腹立ちより、親子として分かり合えない悲しみより、暴力のなかに快楽を見つけてしまう自分への嫌悪感がつよかった。どうしてこんなにもきもちよくなってしまうのか、分からなかった。もはや日常となったこの環境に、いびつに適応しようとする肉体が厭わしかった。

とつぜん息ができなくなって、思考が停止する。首に乾いた太い指先の感覚。すこしずつ力がつよくなってゆく。何も見えないせいだろうか、世界中から存在を否定されているような気持ちになった。暗闇から無数の白い手がのびてきて、あたしの首を絞める。音にならない幾千ものざわめきが、あたしを貶し、傷つけ、壊そうとする。ころされる、と思った瞬間、いままで感じたことのない巨大な恐怖が押し寄せてきた。真夜中にふと死について考えてしまったときに感じる空虚感にも似ていた。底のないふかい穴を覗きこんでいるような。初めて、震えるほどの恐怖を感じた。父から逃げなければ、ほんとうに殺されてしまう。

あたしは父の手首を両手でつかんで首から剝がそうとしながら、叫んだ。心の底からの、恐怖の叫びだった。

ふいに腕の力が緩み、目隠しが外された。眩しい午後の光が部屋いっぱいにあふれ、窓の外では楠の枝がさわさわと葉擦れの音をたてている。帰ってこられた、と思った。いつもの世界に。痛みも苦しみも快楽もない、平和でおだやかな世界に。

玄関のドアが閉まる軽い音がした。父が一服するための煙草でも買いに行ったのだろう。あたしは息を整えながら、そばに落ちていたクッションに顔をうずめた。涙は次々にあふれてとまらなかったけれど、それが体中の痛みのせいなのか、感じすぎたせいなのか、実の父に首を絞められたせいなのか、わからなかった。

父との逢瀬は、あたしが中学を卒業した頃に唐突に終わった。アパートのいつもの部屋に鍵がかかっておらず、不審に思って足を踏み入れると、なかはがらんどうだった。荷物はなにもかも運び去られた後だった。あまりにも唐突な、そしてあっけない終わりだった。たったひとり、取り残されたあたしは、呆然と立ち尽くした。泣くことすら、できなかった。窓の外の楠だけが、いつものように優しく揺れていた。

水族館からの帰り道、ケーキ屋でスイーツを買いこんだ。河沿いの遊歩道をあるきながら見上げると、ぽっかりと浮かぶ月が見えた。満月だった。蜜色にかがやく月の輪郭は薄雲に滲み、そのやわらかいひかりを河の水面に映している。対岸にずらりと並ぶ工場の煙突は、赤い光を瞬かせながら澄んだ夜空にむかって白い煙を一心に吐き出している。風もないのに、煙のすじが大きく曲がっていた。

帰宅してすぐに、ケーキを机の上にひろげた。薄い生地を幾層にも重ねたミルクレープ、濃厚なブラックチョコレートをたっぷりつかった黒いブロックケーキ、なめらかなカスタードでつくられたティラミス、淡く色づいたマカロン、とろとろの半熟チーズケーキ、そして生クリームと苺のショートケーキ。

砂糖と果実とクリームで彩られたうつくしいたべものを、あたしはどんどん食べてゆく。甘いものがこんなに好きになったのはいつごろだっただろう。

始まりは、苺のショートケーキだった。凝った飾りは何もない、シンプルなショートケーキ。緋(あか)いリボンで結ばれた小さな箱に入っていた。封をあけたときの感動は、今でも忘れられない。手渡してくれたのは、父だった。

父もよく甘いものを口にしていた。女の子のために作られたような可愛いお菓子を父が一心に食べている姿はどこか可笑しかったけれど、今から思えばそれは彼の精一杯の逃避だったのかもしれない。

甘いものは一時だけでも人を幸福にする。少なくとも、父にとってケーキは救いだった。あたしにとっても。いびつな暴力や淫らな傷口や、そんな澱にまみれた寄る辺ない世界を一瞬でも忘れるために、あたしはひたすら砂糖を食べつづけているのだ。

ふと、夕ちゃんのことを思い出した。ほっそりした白磁の指、蜂蜜色の髪。淡い、砂糖菓子のようなくちづけ。後ろを振り返れば、いままでたべてきた膨大な量のケーキが堆く積みあがって、巨大な砂糖のかたまりとなっている。その頂点に、うつくしいおんなのこがひとり、坐って静かに微笑んでいた。あたしは、ほかのたくさんのお菓子たちと同じように、彼女を消費していたのかもしれない。

フォークですくいとったスポンジをゆっくり咀嚼していると、なぜか鼻の奥がつんとした。あわてて別のケーキを齧ったけれど、涙はとまらない。

ぎゅっと目を瞑ると、無心にお菓子を貪る父の姿が瞼の裏に浮かんで、またあたらしい涙粒がこぼれた。

「あしたの夜七時、迎えにいきます」というメールが裕輔くんからきていた。そういえば夏祭りか、と思いながらあたしは返信する。

裕輔くん。健全な男の子。あたしの恋人。順従で、とてもいい子だ。けれど、今でもときどき思うことがある。どうしてあたしは、裕輔くんの告白を受け入れてしまったんだろう。あのときあたしには夕ちゃんがいたのに。

あの日、下駄箱に入っていた手紙をもって待ち合わせ場所の駐輪場に行くと、彼は野球部のユニフォームを着て待っていた。一度サッカーをしている姿を見たことがあったので「何部なの?」と訊くと、「いや、あの、どこにも所属してないんです。人数足りないって言われたときは、参加させてもらいますけど」と敬語で答え、小さく咳払いをしてから、あたしを見つめて言った。

「一目惚れでした。よかったら付き合ってください」

こわいくらいにまっすぐな視線だった。手紙をにぎる手のひらに、汗が滲む。区切りだ、と思った。あたしは今、恋愛のはじまりに立っている。ここまで他人、ここから恋人。分かりやすい、明確な線。夕ちゃんのときはそうじゃなかった。曖昧な境目。はじまりは、言葉ではなくくちづけだった。

あたしは一度ゆっくりまばたきをして息を吐き、半袖のシャツから覗く褐色の肌を見つめた。思わず、夕ちゃんの白く細い腕を思い浮かべてしまう。そうだ、彼は夕ちゃんとは違う。男なのだ。短い髪と浅黒い肌と長い手足をもった男の子。

彼の、あの腕で。しなやかな筋肉のはりつめた褐色の腕で。首を絞めてもらえたら。殴られたら。どれくらい、きもちがいいだろう。

「いいよ」

気がつけば呟いていた。いいよ、付き合っても。

「え、本当に？」

自分から告白してきたくせに、裕輔くんはひどく驚いた。

「ごめん、まさかオッケーしてもらえると思ってなくて。ちゃんと喋ったことなかったから。ああでも、良かった」

嬉しそうに顔をほころばせる彼に微笑みを返しながら、頭の隅で夕ちゃんになんて言おうとぼんやり考えていた。

結局、これがあたしと夕ちゃんが別れる原因になった。もしかすると、このことがなくともあたしたちは終わっていたのかもしれない。いつかは別れることは分かっていた。名前をつけることさえできないこの儚い関係が長続きするとは、あたしも夕ちゃんも思っていなかった。互いのくちびるの柔らかさに夢中になっていても、頭の醒めた部分でずっと終わりについて考えていたのだ。

裕輔くんともいつか終わってしまうのだろうか、と大粒の栗が乗ったモンブランを切り崩しながら考えた。夕ちゃんのときみたいに、きれいに終われるだろうか。

祭りの夜、街の空はぼんやりと朱くにじむ。古い木製の引き戸の店が立ち並ぶ商店街は黒い影のような人々や露店でごったがえし、吐息の熱気やざわめき、林檎飴の溶けるあまいにおいや肉の焼ける芳ばしい匂いに満ち満ちていた。時間ぴったりに家にやってきた裕輔くんは、淡藤色の浴衣を着たあたしを見て顔をほころばせた。

　街中いたるところに紅い提灯がぶらさげられていて、真夏の夜の大気を熱していた。うっすらと靄がかったような夜空には無数の星粒がかすんでいる。

　坂道の商店街にさしかかったとき、ふいに人だかりの向こうで叫び声が聞こえた。逃げてる逃げてる、ほらそっちも、まだこぼれてるよ早く、と次々に声がする。

「金魚すくいの盥が倒れたみたい。路上にいっぱい赤いのが散らばってる。うわ、あれぜんぶ金魚かな」

　つま先立ちしても何も見えないあたしの代わりに、裕輔くんが教えてくれた。

「あっ、水路の方にもいっぱい落ちていってる。良かったな、水がちかくにあって」

「じゃあ、こっちまでくるんじゃない？」

　あたしは足元の細い水路を指さして言った。ここの通りはゆるやかな坂道になっている。裕輔くんといっしょにしゃがみこんでしばらく待っていると、思ったとおり赤いかたまりが流れてくるのが見えた。多いな、と裕輔くんがおどろいたように呟く。

　ふかみどりの藻がなびき、夥しい金魚たちが仄かに燐光を放ちながら昏い底をおよぎぬけてゆく。川面全体がうねうねと蠢きながら濃淡まだらな血のいろに染まった。あたしは浴衣の袖をまくりあげ、朱色の水にそっと手をさしいれた。何十匹もの金魚が、ぬめった鱗の手触りを残してのたうちながら指の隙間をすりぬける。

街中に緻密に張り巡らされた水路はすべて、城を囲むひろいお堀につながっている。中学生くらいの男の子たちが金魚の群れを追って騒ぎながら坂道を駆けおりてゆくのを見送ってから、あたしたちはふたたび歩き出した。

商店街の端にある神社の太鼓橋には、牡丹鼠(ぼたんねず)や青碧色、京紫の着物を纏(まと)った女のひとたちが群がり、それぞれ欄干にしなだれかかって池の錦鯉を眺めている。境内の周りでも、ちいさな縁日がひらかれていた。ビニールプールに氷とともに浮かべられたサイダーは、灯籠に照らされてきらてらと光っている。屋台にずらりとならべられたプラスチック製の鮮やかな宝石は、裸電球の灯りにきらめいて、こどもたちの視線を集めていた。

祭りの夜を散々楽しんだあと、あたしたちは裕輔くんの家を目指してまた歩いた。見慣れた彼の家の軒先にも提灯がいくつか吊るされていた。

「家族の方は?」

「姉ちゃんの家に行ってるよ。明日の夜まで帰ってこない」

あたしは裕輔くんに手を引かれて彼の部屋に入った。部屋の電気をつけようと手を伸ばしたとき、どん、と地鳴りのような音がひびいた。打ち上げ花火が始まったのだ。夜空に大輪の花が咲くたび、部屋全体が淡い橙(だいだい)色に染まった。

花火があがるたび彼の顔があさく照らされ、こまかいくぼみが陰になる。叶子、と呼んだ彼の声はひかりの音にかき消され、ただ真剣なまなざしだけが、薄暗い部屋で濡れたようにかがやいていた。

布団の上にあたしを横たえた裕輔くんは、そっと浴衣に手をかけた。あたしはあわてて遮る。

「ごめん。今日はだめ、生理が……」

言い終わらないうちにキスされた。くちびるはすぐにはなれ、あたしたちはみつめあう。ごめんね、と言いかけるともういちど唇をふさがれ、つよく抱きしめられた。あたしは満ちたりた気分で微笑み、彼の背中に腕をまわした。

翌朝、目を覚ますと裕輔くんは隣でまだ眠っていた。寝ているあいだに皺になった浴衣を脱ぎ、彼のティーシャツとショートパンツを借りて着替えた。髪をくしけずり、いつものようにピアスケースに手を伸ばして、気づいた。昨日、一粒なくしてしまったのだった。片耳だけでもつけようかどうか迷って、結局やめた。

やがて裕輔くんも目を覚まし、ふたりでコンビニまで出かけてパンとコーヒー牛乳を買って食べた。ついでに駅前のレンタルＤＶＤショップまで足を伸ばして映画を借り、昼食用のカップラーメンを買ってから彼の部屋に戻って一緒に観た。

映画の終盤にさしかかったころだった。後ろからあたしを抱きかかえるように坐っている裕輔くんの指が、ふいに耳朶に触れた。

「あれ？　今日はピアスつけてないんだ」

どきり、とした。ついにばれてしまったのだ。

あたしは彼の方に向き直った。ぎゅっと目を瞑り、息を吐き、そして「ごめんなさい」と言った。

「なくしてしまったの」

裕輔くんはしばらくあたしを見て、それから小さく微笑んだ。

「ピアスって、ちっちゃいからなくしやすいよね。また買ってあげるよ」

あたしはぽかんと口をあけた。それだけ？　どうして？　なんで怒らないの？　たくさんの疑問が頭にうかぶ。

微笑む彼に背を向け、視線をテレビ画面に戻した。映像はちゃんと見えているのに、内容がまったく頭にはいってこない。混乱しながら、裕輔くんは優しい、と思った。叱られなくてほんとうに良かった、とも思った。

そうしてほっと息をついた瞬間、唐突に気づいてしまった。自分が、落胆していることに。


映画が終わったあと、あたしたちは昼ごはんを食べた。食事のあいだ、あたしはさっきのことについてずっと考えていた。落胆したということは、あたしは何かに期待していたのだ。叱られることに、期待していた。叱られて、殴られることに。

体中に鳥肌が立つ。異常だ。こんな考え方、おかしい。すがるように裕輔くんを見ると優しく微笑み返されて、ますます動悸が激しくなる。

あのときと同じだ、と思った。いつだって、求めているのはあたしだった。与えられる痛みを恐れていたのではない。むしろ、望んでいた。官能を壊されたのだと言い訳して、ずっと待っていた。本当は違う。壊されてなんか、いない。父はあたしに対して、性的な行為は一切しなかったのだから。

彼は凡人だった。娘を嬲る一方で、社会における自分のちっぽけな居場所を守ることに必死な、狂いきれない大人。ときどきあたしはそのことを腹立たしく思う。越えてはいけない一線を、父の責任において踏んでくれていたら。父の狂った暗い愛撫が、無理やり蜜を零れさせていたのだとしたら。全てを父のせいにできたのに。

でも、現実はそうじゃない。あたしが蜜をこぼしたのは、父のせいではない。

暴力から逃げようと思えばできたはずなのにそうしなかったのは、あたしの意志だ。激しい暴力の狭間に喘ぎを漏らしたのもあたし。痛みを快楽に変えて下着を濡らしたのも、あたし。すべてあたしの意志だった。

父はあたしのことを、苛立ちを暴力に変えてぶつけるための手頃な道具程度に思っていた。けれど、ほんとうは違う。あたしの方が、父を利用していた。父の暴力を利用して、自慰をしていたのだ。

あたしはずるい。ずるくて、いやらしい女だ。裕輔くんに告白されたときだって、そうだった。

打算だった。何もかも。あたしはいままでずっと、ひた隠しにしてきたのだ。彼の誠実さや、優しさを感じるたびに、いらついていた。優しい微笑みなんて、幼稚なセックスなんて本当はいらない。あたしの体が求めているのは痛みだけ。痛みのなかの、快楽だけ。

　このままずっと彼と付き合っていてもいいのだろうか、と考えることは今まで何度かあった。健全な彼と、あたしが、つりあうはずがないのに。歪んだ性欲の澱みにいるあたしと、健康で優しい彼とが。一緒にいていいはずがないのに。

　けれど、裕輔くんならすくってくれるのではないだろうか。優しい彼なら、あたしをこの澱みの底からなんとか助けてくれるかもしれない――。

　はじめから無理だと分かっていた。本当はもう、どうしようもないのだ。壊れた官能は二度と元に戻らない。けれどせめて、受け入れてほしかった。あたしの存在を、あたしの欲を、ゆるして、受け入れてほしかった。苦しかったね、つらかったね、でももう大丈夫だよ、と優しく背中をなでてほしかった。

「ねえ」

　声をかけると、裕輔くんは振り返った。なに、と優しく問い返される。

「あたしのこと、好き?」

　彼はあたしの目をまっすぐ見つめ、迷うことなく頷いた。

「好き」

「じゃあ、セックスして」

　え、と裕輔くんの笑顔が固まった。あたしは喋りつづける。何も考えずに、ひたすら。

「あたしね、痛みの中にしか快楽を見出せないの。わかる? つまり、思いきり痛くされないと感じないんだよ。蹴られたり殴られたりするのもいいんだけど、いちばんきもちいいのが首絞め。強く絞められるほど、下も濡れてくる。ねえ、あたしきもちいいこと大好きなの。お願いだから、あたしの首を絞めて」

裕輔くんは眉をひそめ、怯えと困惑の入り混じった目であたしを見た。

「でも、叶子、昨日の夜、できないって……」

困ったような声で彼が言うのにもかまわず、あたしは服を脱いで下着をおろした。しっとりと湿った肌を自らたどり傷口をおしひろげてみせると、その拍子に血のしずくがいくつもこぼれる。

「裕輔くん」

傷口からはなれたしずくは落下し、シーツに滲む。ぽたぽたと、足元に紅い花が咲いてゆく。

「何してんだよ。いいよ、やめろってば。叶子、」

あたしはその場にひざまずき、裕輔くんのズボンをおろした。下着越しにそっと指でなぞると、彼は小さく呻く。あたしに抵抗するため伸ばされた手をつかんで傷口にもっていってあげると、ようやく裕輔くんは自分から動き始めた。

彼の性器があたしの傷にさしこまれると、たっぷりの血がよどみなくあふれでてきて、布団を、裕輔くんの手のひらを、あたしの太腿を、赤く染めていった。つながった部分はほとんど黒にちかい液体で汚れていて、動くたびにぐじゃぐじゃとにごった水音がきこえる。彼はよどんだうつろな瞳であたしを見上げた。自分が何をしているのか理解できないというような顔だった。くちびるをかさねた瞬間、シーツをつたって血がほたほたとこぼれた。

つながったまま抱きあっていると、体の輪郭が徐々に曖昧になり、くっついた皮膚の内側で互いの中身が移行し合い、血液は混じり内臓も融け固まり、やがてひとつのおおきな心臓を核とした、男とも女ともつかない巨大な生きものになってゆくような気がした。ふたりではなく、いっぴき。つながっているあいだ、わたしたちは人ではなく、獣だった。孤独な、一匹の、血に濡れた大きな獣だった。

「首、絞めて」

裕輔くんの耳元でささやくと、彼はあたしの顔をじっと見つめた。

「さっき言ったでしょう？　お腹も、殴ってみて。蹴ってみて。思いきり。遠慮しなくていいから。首も、絞めて」

早く、と急かすと裕輔くんは僅かに身じろぎをして、体を離そうとする。あたしは彼の背中に腕をまわし、抱きしめた。さしこんだ性器をひきぬこうとする彼の腕をおさえ、さらにつよく抱きしめる。

いつのまにか、あたしは心から快楽を求めていた。もっと、きもちよくなりたかった。許すとか受け入れるとか、もうどうだっていい。

今よりも、きもちよくなりたい。それがあたしのすべてだった。

「絞めてよ」

くぷゅ、と体液のかたまりが傷口からうみおとされる。

幾筋もの血が、太腿を伝いおちてゆく。

彼のおおきなてのひらが、あたしの首に触れる。血で濡れたゆびさきがねっとりとまとわりつく。絶大な快楽の予感に、あたしは恍惚(こうこつ)として目を閉じる。指先に力が入り、そのまま強くなって、すこしずつ、やがてこわばり、躊躇の気配、荒い吐息、そして手のひらは、ゆっくりと、離れていった。うすく目をあけると、裕輔くんは泣きそうな顔で、ごめん、とつぶやいた。ほとんどきこえないくらいちいさな、かすれた声だった。

「ごめん。無理」

彼は自分の性器を引き抜いた。赤黒い体液が細く糸を引いてとぎれる。あたしは体を起こし、まっ赤に汚れた部屋をぼんやりと見渡した。シーツは赤茶色に重く染まり、本棚にまで血痕が飛散していた。

窓から射しこむほそい西日が、棚の上の水槽を照らしている。乾いた音をたてて、枯葉のしたから白蛇が顔をのぞかせた。瞳は、眩(くら)むような茜色だった。


血だらけのからだをシャワーで洗い、あたしは裕輔くんの家を出た。彼は黙って玄関に立っていた。あたしは振り返らずに角を曲がり、横断歩道を渡り、ただ黙々と歩いた。

ようやくバス停が見えてきたそのとき、僅かな段差につまずいてからだがぐらりと揺れた。転ぶ、と思ったときにはもう地面に手をついていた。したたかに打ちつけた膝は擦り切れ、血が滲んでいる。破れた皮膚の隙間からみるみるうちに赤い血球がわきだしてくるのを眺めていると、涙が出てきた。堰を切ったようにとまらない。ぼろぼろと泣きながら、ようやく理解した。あたしたちは、終わったのだ。あたしが終わらせてしまった。こうなることはわかっていたのに。

　痛む足を引きずって、ベンチに腰かける。ティッシュで血と泥を拭いながらふと顔をあげると、まぶしい日差しが両眼を灼いた。

　ぎらぎらと煮えたぎって落ちる夕陽が、あたしと世界を毒々しい赫色に染めあげている。剝がれかけたアスファルトも、公営住宅の古い壁も、道端の雑草も。連なるようにして歩いている女子高生たちも、梅林のそばにかかっている橋も、その下に澱む溟い用水路も、全てがぺったりとあかく塗りこめられている。

　天蓋はいよいよ紅くいろづき、そそり立つ建物を咥えこんだ空は巨きな傷口のようだった。ほたほたと、新鮮な血を滴らせる傷。この世界はなんて痛々しいのだろう。もっと赤く、とあたしは叫ぶ。もっともっと赤く、外皮だけじゃなく骨の髄まで、すべての建物、すべてのいきもの、空気の一粒一粒まで、灼然たる深緋に染まれ。

　ひかりはやがて液体に変わる。粘度をもった、不透明の液体に。そうして、街中が真っ赤に濡れてしまえばいい。この世のあらゆる色彩を塗りつぶしてしまえばいい。鮮烈な赤い痛みと快楽に、溺れてしまえばいい。

　濃密で重たげなひかりをまとって沈んでゆく太陽を眺めながら、おおきくみひらかれた裕輔くんの瞳を思い出す。無理、と言われたときの、低くかすれた声も。

あたしだって、きちんとセックスをしたいのだ。正しい、すこやかな性交をしたいのだ。それなのに、体の奥のほうに父が残した残痕が疼いてしかたがない。

殴ってほしい。おもいきり、蹴ってほしい。首を絞めてほしい。叩いてほしい。貶めてほしい。あふれだす欲は止まらない。柔らかい優しい愛撫には蜜一滴すらこぼしてくれない、自分のからだが憎い。

夕ちゃんのときは違った。夕ちゃんは、あたしの首をきちんと絞めてくれたから。女同士。傷をもつもの同士。それでもやっぱり終わってしまった。どうしたって、世界は、思い通りにいかない。なんで、いつも最後にはみんなどこかにいってしまうんだろう。なんで、あたしはどこへもいけないいんだろう。いつの間にか声をあげて泣いていた。

誰かあたしの首を絞めて。容赦なく、絞めて。こたえてくれるひとはいない。膝からの出血はすでに止まり、黒く固まりはじめていた。いつかあたしの傷口から流れる血も、絶えるときがくるのだろうか。仄赤い名残りと僅かな痒みだけを残して、傷痕になるのだろうか。

鉛丹色に焼け爛れてゆく空を見ながら、おとうさん、とつぶやいた。おとうさん。なにもかも全部、あなたのせいだ。あなたの残した傷のせいで、あたしはまた、ひとりになったよ。

顎から滴り落ちた涙の粒が、一瞬にして赤く染まりきったのを、あたしは見た。

夜の国

秋の森は香しい匂いにみちている。つよい風に吹かれてぱらぱらと降っている落葉を窓から眺めながら、わたしは司書さんに淹れてもらったばかりのコーヒーをくちにふくんだ。わずかにあけられた窓の隙間から夕暮れの柔らかな風が吹きこみ、図書館の空気を循環させている。

静まりかえった館内の二階、わたしと朝日先輩は苔いろのソファに埋もれるように腰掛けていた。ぺら、と乾いた音がしてページが繰られる。わたしは文庫本を読むふりをして、そっと朝日先輩の横顔を覗き見た。伏せられた睫毛がこまかく震え、瞳はせわしなくうごいて文字列を追っているのが分かる。

わたしの視線に気づいた先輩が顔をあげた。寝癖の残った黒髪に、血色の悪い顔。鼻の先に、ちいさなにきびがいくつか。昨日も徹夜で読書していたんだろうなあ、とぼんやり思った。

「どうした？　本、飽きた？」

いえ、とわたしはあわてて文庫本を読むふりをする。先輩はしばらくわたしを見ていたけれど、ふいに手元の本をぱたんと閉じた。

「お菓子でも食べようか。杉田のだけど」

　本棚のいちばんしたの引き出しをあけてクッキーの缶をとりだし、わたしに差し出してくれる。蓋をあけると、カラフルな包み紙の飴や高級そうな焼き菓子があらわれた。キャラメルをえらんでほおばると、甘みが口のなかにひろがる。

「そういや今日、あいつ来るんだったな。お菓子食べたのばれたら怒られるから、内緒にしといて」

「杉田先輩が？　コンピュータ部の方は？」

「さあ。さぼるんじゃない？」

　朝日先輩はめんどうくさそうにつぶやき、わたしのマグを奪うと、ずず、と音をたてて飲み干した。うわ、苦っ、とちいさく叫ぶ先輩を無視して、わたしは言葉で構築された幻想世界に沈降してゆく。

　落葉は窓の外でときおり時雨れ、うすく堆積し、黄金いろの層を地に重ねつづけている。


　物語が佳境にさしかかったとき、階下で重い樫の木の扉がひらく音がした。足音は細い階段をのぼり、ほとんど読まれなくなった古い本ばかりが置かれたこのロフトに向かってくる。

　やがて、書物の塔の陰から眼鏡をかけた背の高い男のひとがあらわれた。

「遅くなってごめん。部活、長引きそうだったから抜けてきたよ」

ノートパソコンが入っているらしいキャリングバッグをもった杉田先輩からは、ひんやりと濡れたような外気のにおいがした。本から顔をあげて軽く会釈すると、彼はにっこり笑い、わたしのとなりに腰をおろした。

「朝日、何かおすすめの本とって」

「ん」

手渡された文庫本を、杉田先輩は膝の上でひらく。

同じ部屋の同じソファに坐（すわ）ったわたしたちは、別々の世界にそれぞれの速度で落下してゆく。


わたしがこの読書部に入部したのは今から十日ほど前、夏が終わろうとする頃だった。

ある日の昼休み、わたしはとつぜん同い年の恋人に呼び出された。

「やっぱり、友だちに戻ろう」

「え？」

どうして急に、と訊（き）きかえすと、彼はうつむいて「なんか、やっぱり話が合わないと思って。そっちもずっとそう思ってただろ？」と言った。

そんなことない、と叫びたかったけれど、声はかすれて音にならなかった。どうして彼はいつも、自分に都合が良いように思いこんでしまうのか。そこにわたしの意思はないのに。

そもそも、告白してきたのは向こうの方だった。クラスも別で口をきいたことすらなかったけれど、整っていると女子に噂される顔を赤く染める彼が、ひどく健気に思えて了承した。気が合わないことももちろんあったし、二人きりでいるときの沈黙が妙に気まずくなることもあった。どこかしっくりこない違和感を抱きながら、それでも、自分のことを好きだと言ってくれる人と一緒にいることは楽しかった。それなのに。

「眞子は特別だし、できればこれからも友達として付き合いたい」

どうして今更、友達に戻ろうだなんて言えるのだろう？　それとも彼の気持ちには、ここまでが恋愛、ここからが友情というふうに、きっちりとした線が引かれているのだろうか。

　わたしは震える声で、できるだけまっすぐ彼の目を見つめて言った。

「友だちになんかならない。わたしたちは別れたんだから、もう二度と会いません。連絡もしない」

　彼は困ったように微笑みながら、「眞子がそうしたいなら」と言った。

　そうしてわたしたちは友達でも恋人でもない関係、つまり他人に戻った。もしかしたら、最初からわたしたちは恋人同士ですらなかったのかもしれない。わたしと彼のしたことと言えば、映画館でのデートと拙いキスだけ。ほんとうに、ままごとみたいな恋だった。

　付き合い始めたばかりの頃、彼はわたしの両耳にひとつずつピアスをあけた。ホールをあけさせてほしいという彼の言葉を、わたしは易々と受け入れた。傷痕の甘い疼きは、今ではただのありきたりな痛みになっている。

　軽く付き合って、だけどちゃんと痕は残して、そのまま逃げるように去ってゆく。残されたわたしは、呆然とその場に立ち尽くすしかなかった。彼のことがほんとうに好きだったのかどうかは、正直に言うと自分でもわからない。けれど、ひとつの人間関係を永久に失ったのだという喪失感はあったし、わたしという人間自体が拒否されたのだという悲しみは途方もなく大きかった。

友だちの憐みの混じった慰めも授業の内容もただただ煩く、わたしはその日の午後の授業を抜けて人気のない校舎裏の雑木林をめざして歩いた。

九月の黄昏。晩夏の熱気もおとろえ、辺りには秋の気配がしのびやかにたゆたい始めていた。あちこちに植えられた金木犀の、濃厚に熟れた匂いが宙にほぐれ散らばり、烟のように溶けている。空気のひとつぶひとつぶは実の詰まった果物のようにずっしりとおもく、森の底に滞留して澱んでいた。

別棟の図書館へとつづく小道に沿って歩いていると、人影が見えた。先生だろうか。とっさに傍にあった木の幹に隠れる。

そっと様子をうかがうと、木陰のしたのベンチに知らない男子生徒が坐っていた。名札の色からして、上級生だろう。彼は本を読んでいた。木々の葉と葉の隙間から射しこむ、夕暮れのかしいだひかりに照らされたその本のタイトルを見て息をのんだ。バラードの『結晶世界』。わたしの大好きな作品だ。

音もなくページがめくられ、彼のまなざしがあらたな文字を追う。くちびるのはしに幸福そうな微笑が浮かぶ。

男のひとを見つめながらふと、元恋人のことを思い出した。わたしが本を読むことが好きだと知っても、すこしの興味も示してくれず、どれだけ薦めても「読書は苦手だから」と絶対に読んでくれなかった。仕方なくあきらめて本を鞄にしまいながら、このひとは本当にわたしのことが好きなのだろうかと思った。わたしに興味をもったからこそ、恋人になろうと言ってくれたのではなかったのか。

彼にとって、わたしっていったいなんだったのだろう。

そのとき、男のひとが顔をあげた。わたしを見て、おどろいたような顔で口をひらく。

「なんで泣いてんの？」

訊かれた瞬間、胸に突き刺さっていたかなしみが一気に質量を増し、胸部だけではなく全身を砕いた。気がつけば、わたしは声をあげて泣いていた。次から次へとなみだの粒が装塡され、おしあげられるように流れ出してくる。

別れたばかりの恋人のことと大好きな本のタイトルが、頭の中でないまぜになり、記憶が融けあう。母にねだって本を買ってもらったときの情景がよぎったかと思うと、彼のもつピアッサーがわたしの耳朶にふれた瞬間のつめたさがよみがえる。

「どうしたの？　どっか痛い？」

目の前の知らない男のひとが、途方に暮れたような顔で問う。

「その本」

わたしは泣きながら言った。

「その本、わたしも好きです」

彼はぽかんと口をあけ、わたしを見つめた。

「本当に、知ってるの？　すごく古い本なのに」

彼は大きくまばたきをして、それから「名前は？」と訊いた。すこしずつ落ち着いてきたわたしは、鼻をすすりながら答える。

「岩倉眞子です。一年二組」

「部活は、どこか所属してる？」

「え？……入っていません」

そう、と男のひとはつぶやき、手元の本に視線を落とした。それからとつぜん顔をあげた。

「読書部に入らない？」

なんで、このタイミングで勧誘？　と呆気にとられるわたしに、彼は真剣な顔でつづける。

「いやなこと忘れるには何かに没頭するのがいちばんいいって、杉田が言ってた。読書、好き？」

「本は、好きです」

答えると、彼は嬉しそうに、ほんとうに嬉しそうに笑った。こどものようなあどけない笑顔に、わたしは泣いていたことも忘れて見とれてしまった。

「じゃあ、きまり。明日の放課後から図書館に来てね。手続きはこっちでやっとくから。あと、俺は朝日と言います。三年一組。読書部の部長。といっても、部員は俺ともう一人だけだけどね」

後で、なんであのときわたしを無理やり誘ったんですか、と訊くと、朝日先輩は「バラードの『結晶世界』、あれ読んだことある人を見たの、杉田と兄貴以外で初めてだったんだ」と答えた。

「ものすごく嬉しくなって、もっと話がしたいと思った。だから誘った」

いまから思えば、あのとき朝日先輩に拾ってもらえてほんとうに良かったと思う。わたしは終わった恋から立ち直っただけではなく、本について語り合える友人をも得た。

今までわたしは、クラスメイトと本について会話したことがなかった。別に、読書が好きだということを隠している訳ではない。けれど、周りの人たちは本を読まないのだ。もしわたしが教室で小説のことを熱心に語ったとしても、共感を得ることは決してできないだろう。実際、元恋人に話したときもそうだったのだ。

叶子に対しても同様だった。彼女は、高校に入学してからいちばん初めにできた友だちだった。映画が好きな叶子とは気が合うし、一緒にいて誰よりも楽しいけれど、やはり本の話題が出ることはない。

興味がない人に無理やり理解してもらおうとは思わない。だからあえてなにも話さなかった。話せなかった。趣味の世界に関して、わたしは孤独だった。

けれど今は、先輩たちがいる。朝日先輩や杉田先輩との会話は、ほんとうに楽しかった。

同じクラスの子たちには絶対にわからないマニアックな作家の話も、お薦めの本も、本に関することならなんでも話し合える。話が通じる、ということがこれほど嬉しいことだとは思わなかった。まるで何年も前からそこにいたように、わたしはロフトのソファに坐ったふたりの先輩のあいだにぴったりとおさまって、彼らの会話を聴いたり、たまに口をはさんだりした。

そうしてあたたかい毛布とたくさんの本をぞんぶんにあたえられたわたしは、動物の巣のようなロフトでぬくぬくと放課後を過ごしている。

十月初めのある日、おばけの噂を聞いた。それも、図書館にでるおばけの。

六時間目の自習の時間。教室のざわめきは、からがりあいながら拡がり、ほぐれ、天井に滞留している。窓から射しこむ午さがりの濃やかなひかりは、教室のぬるんだ水っぽい空気に希釈され、床板を薄く照らしていた。

「おばけ、出るんだって。三組の子がほんとに見たって、こないだ騒いでた」

「どうせただの噂だって」

「いつ出るの？　うしみつどき？」

「ううん、夕方だって。日曜日の」

すでに解き終わったプリントの隅をシャープペンシルで塗りつぶしながら、わたしは隣のグループの会話にぼんやりと耳を傾けた。

髪がながくて、目も異常に大きくて、体中がどろどろしてるらしいの、とまくしたてるように女の子が喋るのを聞きながら、あの場所にはおばけよりも幽霊の方が似合うな、と思った。からだは淡青色の透きとおった粒子でできていて、もちろん無害で、宝石みたいなひとみからぽろぽろなみだをおとすだけの、そういうかなしい存在だといい。かなしくて、うつくしい存在。

放課後、まっすぐ下校する叶子たちと別れて、わたしは校舎裏に向かった。図書館は教室や職員室のある本館から独立して、校舎の裏にうっそりと建っている。辺りは雑木林で、白昼でも薄暗い。

煉瓦の小道をしばらく歩くと、図書館が見えてくる。八角形の屋根をもつ、ちいさな箱。アイボリーの壁はとうに色褪せ、建物全体にびっしりと蔦が蔓延っている。まるで古代の巨獣が森の奥深くにうずくまって睡っているようだ。風が吹くと蔦の深緑の葉がいっせいに蠢き、建物自体が蠕動しているように見えて不気味だった。

重い扉をからだで押すようにしてあけると、デスクワークをしていた司書さんが顔をあげて微笑んだ。かすかにサティが流れている。室内は、外観からは想像もつかないくらい居心地の良い空間だ。

数十年前まで礼拝堂として使われていたせいか、建物の至る所にその名残りが見える。入ってきた扉の方に振り返って頭上を見ると、壁に掲げられた十字架がほっそりと黒い影を落としている。天窓と採光窓にはそれぞれステンドグラスがはめこまれていて、降り注ぐ日差しを色とりどりに染め抜いていた。いろづいた光は本棚やカウンター、黒蜜色の床板をあざやかに灼いている。

哲学・詩集の棚を曲がりきったとき、人影が見えた。緋いビロード張りの椅子に坐って、文庫本を捲っている。見覚えのある横顔だな、と思ったときにはもう、声をかけていた。

「平井くん」

彼はページに落としていたまなざしをゆっくりとこちらに向けた。

「ああ、岩倉さん。これから部活？」

うなずくと、彼は「頑張ってね」と呟くように言い、再びうつむいた。首筋が、ひどく痩せている。

平井くんと叶子が別れたという噂が、教室中に広まっていた。根拠のない噂だったけれど、二人を見ればすぐに分かった。

叶子は最近あまり喋らない。今まで休み時間は友だちと楽しそうに騒いでいたのに、二学期が始まってからは黙ってイヤホンで音楽を聴いていることが多くなった。

平井くんも変わった。あんなにいろんな部活に顔を出していた彼はある日とつぜん図書館にやってきて、それから放課後はずっとここで過ごしている。褐色に灼けていた肌はすこしずつ色が抜けてきていた。元々色白だったのかもしれない。時間をかけて徐々に透きとおってゆく彼を見ていると、得体の知れないかなしい気持ちがこみあげてくる。

ふたりのあいだにあったことをわたしは知らない。だからどうすることもできない。けれど、こんなに互いに傷つくのなら、最初から付き合わなければ良かったのに、と思う。簡単に終わってしまう感情なんてそもそも恋じゃなかったのだ、きっと。友だちのままいつづけていたならば、こんなにも苦しまずにすんだろうに。

そっと指先で耳朶に触れる。ホールをなぞりながら、ちいさくため息をついた。

いつものように司書さんからコーヒーをうけとったあと、ロフトにあがってソファに腰をおろす。しばらくすると朝日先輩がやってきて、わたしたちはコーヒーを飲みながら図書館に出るおばけの話をした。先輩は楽しそうに話を聞き、そして満面に笑みをうかべて「一緒に来ようよ」と言った。

「どうせ暇だろ。日曜日の夕方、見に来よう」

「えっ……」

「嫌？」

じゃあ部長命令、と彼は笑い、渋々わたしは了承した。

それから朝日先輩に薦めてもらったリチャード・ブローティガンの『西瓜糖の日々』を読み進めた。六時に鳴る部活動の終了のチャイムと同時にページに栞（しおり）をはさみ、先輩と一緒にロフトを降りた。

建物を出る直前、本棚の狭間をそっと覗いてみると、平井くんが椅子にもたれて眠っていた。高い窓から射す光が、浮遊するたくさんの塵と彼のうす青い瞼（まぶた）を淡く照らしている。硬くきらめく鉱物のようなひかりに閉じこめられた彼を眺めながら、かなしいものはうつくしい、と思った。
日曜日の昼前、目を覚ますと視界がぼんやりともやがかかったようだった。本棚に顔を向けると、背表紙の題名はかすんで遙か遠く、色彩だけが近視の瞳をいろとりどりに満たす。眼鏡をかけて階下に降り、顔を洗ってからコンタクトレンズをつけた。すきとおった円（まる）くうすいレンズを、角膜（かくまく）にひたりとはりつける。つめたさが眼球全体に沁みわたり、数度まばたきをするともう、世界はくっきりと鮮やかにひらけていた。

自室の掃除をしてから学校の課題を片づけ、さらに途中だった本を読みきってしまうと、ちょうどいい時間になった。制服に着替えてから自転車に乗り、学校へ向かう。商店街の坂道を駆（か）けくだると、灰青いろの澄明な風が頬をかすめて後ろへ飛びすさり、体のそこかしこに溜まっていた怠（だる）さや熱が冷やされてゆく。

約束の時間より早く学校に着いた。すこしつめたくなった指先を擦るように温めながら森に向かう。小道を歩いてゆくと、図書館の扉にもたれて立っている朝日先輩の姿があった。片手に文庫本を持っている。近づいてゆくと、足音に気づいた先輩が顔をあげた。

「遅くなってすみません」

「いや、俺が来るの早すぎたんだよ。図書館の鍵は用務員さんが特別にあけてくれるって」

そうですか、とわたしは先輩の隣に立ち、周りを眺めた。

森の底には幾枚かの枯葉が落ちていた。もったりとまろやかな絵の具を流しこんでかためたような厚い木の葉もあれば、うすくれないや飴色に透きとおり、葉のおもてに銀細工にも似た精緻な葉脈が奔りぬけている朽葉もある。一枚一枚が薄く毀れやすい工芸品のような落葉が、甘い腐臭のただよう森の地面に散らばっていた。

やがて小道の向こうから、鍵を手にした用務員さんがおおきな箒を片手にやってきた。こんなに綺麗な落葉なのに掃かれてしまうのはもったいないな、と思っていたら、先輩も同じことを考えたのか、梔子いろの一葉を拾うと、読んでいた本に挟んで閉じた。

重い音をたてて図書館の扉がひらく。まず目にとびこんできたのは、館内を満たしている光だった。色硝子に透かされた夕方の陽射しが、ずらりと並べられた本の背表紙を照らしている。天井近くの高い窓からは濃厚な光のスープがとろけおち、扉のうえに掲げられた十字架を鈍くかがやかせている。床や棚に薄く積もった埃は、カーテンの粗い布地に濾された光に照らされて、黄金いろに粉っぽくきらめいていた。

「おばけ、いる?」

ロフトの階段の辺りを歩いていると先輩から声をかけられた。

「いないみたいですね」

「やっぱ嘘だったのかな」

「ほんとは最初から信じてませんでしたけど」

わたしが言うと、朝日先輩は頷いた。

「うん、まあ実は俺も」

「じゃあなんで来ようだなんて言ったんですか」

わざわざ休日をつかってまで来なくても、と愚痴るようにつぶやくと、先輩はちいさく笑った。

「でも、きれいだろ。人のいない図書館」

たしかに、図書館はうつくしかった。換気扇もまわっておらず、空気がゆったりとなずんでいるせいか、光だけではなく、普段は気にもしない微細な匂いの流れまで感じ取ることができる。

図書館の壁一面を埋め尽くす何千冊もの本たちは、ページのうちに秘めた各々の物語から滲(にじ)みでる香気を漂わせていた。インクや古い埃のにおいと、物語が持つ独特の芳香とが複雑に錯綜し、混ざりあい、溶けこみあい、または分離しあいながら、薄青い黄昏の空気に浸された図書館の胎内を液体のようにゆるゆると循環していた。

館内を見渡しつつロフトにあがろうとしたそのとき、足元の段差につまずいて、近くの本棚に思いきりぶつかった。そのまま勢いでぺたんと床に坐りこんでしまう。同時に、ばさばさと派手な音を立てて本が何冊か落下してきた。

「なに今の音？　大丈夫か？」

先輩が慌てたようにやってくる。立ち上がり、「だいじょうぶです」と答えてから、気付いた。視界が、ぼやけている。

コンタクトを落としたのだとわかるまでに数秒かかった。落としたのは右目のレンズだ。

「どうかした?」

立ち尽くしたまま動かないわたしを、先輩が不審そうに見ている。

「どっかいっちゃいました。コンタクト」

「えっ。探そうか?」

「だめです。使い捨てなので、一度外れたらもうつけられません」

片目だけだと余計に不安定なので、手鏡を見ながら左目のレンズも外した。途端に、世界は鮮明さを失くして暗く霞む。

「裸眼ではどれくらい視えるの」

「ほとんど何も視えないですね」

一人で帰れる? と訊かれてはじめて不安になった。もちろん眼鏡はもってきていない。

「親に電話して迎えに来てもらいます」

文句を言われるかもしれないけれど、曇った視界で街を歩くよりましだ。

ちいさくため息を吐くと、しばらく黙っていた先輩が「送っていこうか?」と言った。

「俺、徒歩だし。自転車さえ貸してくれたら家まで送るよ」

いえそんな、と言いかけて、わたしは口をつぐんだ。断ることのできる理由が見つからなかった。

図書館を出ると、日はほとんど沈みかけていた。特に会話もなく、微妙な空気のまま、わたしたちは駐輪場まで歩いた。わたしを荷台に乗せてから、先輩はサドルにまたがった。車輪がゆったりと回りだす。

　校門を出てから、わたしは空をみあげた。深藍色やターコイズ、浅葱。さまざまな濃度の寒色を幾層も重ねたゼリーのような色合いの夜空に、撒き散らされた粉砂糖のような糠星がほろほろとまたたいている。ぼやけた視界ではつよいひかりしか捉えきれず、こまごまとした淡い星粒は夜の紗幕に溶けこんで捉えられない。それでも、わたしには視えなくとも、光は、たしかにここまで降りてきているのだ。つめたく澄んだ、宇宙のひかり。

　青く冴やかな空気が、夜の下を駆けるわたしたちのからだにぶつかっては砕け散ってゆく。その軽さと鋭さが、ほんのりとほてった頰に心地よかった。

　自転車はやがて駅前の大通りに出る。街は、光の洪水だった。こんなにもあかるい夜があることを知らなかった。ひとつひとつの建物、窓、人びと、街灯、車がはなつ光のかたちはすべてまるく還元され、わたしの退化したひとみに映る。あまりに膨大なひかりのつぶに眩みそうになったはずみに、先輩の体に手をまわしてしまった。慌てて放すと、彼の声が降ってくる。

「いいよ。危ないから、しがみついてな」

　やっぱり見えないと怖いよなあ、とのんびりした口調で、朝日先輩は軽々とハンドルを切った。

　繁華街に入ると、ますます灯りが増えた。きらきらの電球とスパンコールでいろどられた、きれいな夜。青いネオンライトがとろけながら後ろへ流れてゆく。氾濫するひかりの流れのなかを、わたしたちは魚のように泳ぎぬける。

視界が濁(にご)ると、こころなしか思考も停滞し、おぼろになるような気がする。熱に浮かされたような、ふわふわと浮遊する頭で、こんなにうつくしい世界があるのだな、と思った。

帰宅してからも、わたしはいつも家で使っている眼鏡をかけなかった。ふたたび鮮明なあかるい視界に慣れてしまえば、さっきまで見ていた景色や、曖昧(あいまい)な幸福感までもが、どこかに溶け消えてしまいそうだった。

あくる日の放課後、図書館に行くと珍しく杉田先輩が先に来ていた。ずいぶん前に朝日先輩が持ちこんだというちいさな卓袱台(ちゃぶだい)で課題をしている。

朝日先輩はソファを一人で占拠して、みどり色のゲームボーイカラーで遊んでいた。ピクセルの一粒一粒が淡く発光して、画面が青白く浮かんでいる。カラフルなピースたちが、十字キーをなぞる彼の指にしたがってふよふよと蠢く。

昨日わたしはあの背中に触れたのだ、と頭の片隅で思いながら、できるだけ自然に声をかけた。

「テトリスですか」

画面から目を離さないまま、「うん」と先輩が答える。いつも通りの彼にほっとして、言葉をつづけた。

「ゲームボーイって、久しぶりに見ました」

「部屋の掃除してたら見つけたんだけど、案外おもしろいよ」

「朝日、岩倉さんも来たことだしそろそろ始めない？」

おー、と呟いて朝日先輩はのっそりと立ち上がった。

「今日は読書じゃないんですか」

「うん。朗読会」

朗読会？　と思わず訊きかえしたわたしに、先輩は頷く。

「たまにやってるんだ。それで今回の本なんだけど、読んだことある？」

差し出されたのは、サン・テグジュペリの『星の王子さま』だった。

「はい、一応、読んだことはあります」

わたしが答えると、朝日先輩はにっこりと笑った。

「そっか。俺、これすごく好きなんだ」

二人の先輩とわたし、それに司書さんがロフトのまんなかに集まった。あたたかいココアとお菓子、そして『星の王子さま』がそれぞれに配られる。

「順番に、好きな章をえらんで朗読していくだけ。杉田から、時計回りに進みます」

杉田先輩は坐ったまま、いちばん最初の章を選んで読み始めた。知っているはずの物語なのに、人の声で読み上げられると、まるで違った風に聞こえた。声は空気に細波（さざなみ）をつくり、徐々にその波紋を拡げてゆく。わたしは半ばぼうっとしながら、彼の声に耳を傾けた。章が終わり、司書さんが読み始める。一文字も読み違えることなく、すらすらと音が連鎖してゆく。模範みたいにきれいな朗読だと思った。

司書さんの次は、わたしの番だった。誰かの前で本を朗読することなんて授業以外ではないし、緊張してところどころつっかえる上に、声量も少なく、思うように読めない。それでも読んでいくうちに、音の輪郭がくっきりとしてくるのがわかった。自分の出す声が、図書館の高い天井に反響し、ふたたび自分の鼓膜を震わせる。自分の声のはずなのにそうでないように聞こえるその感覚が、不思議と気持ち良かった。

わたしが章を読み終えると、つづけて次の章を朝日先輩が朗読し始めた。

「——王子さまは笑いました——ぼくは、王子さまがなにをさがしていたのか、わかりました——」

彼の声は、まるでとろとろのいきもののようだった。谷間のように入り組んだ複雑な造形をしている外耳の溝にぴったりと沿ってながれ、黒々とふかい穴へ落ちこんでゆく。粘っこいような音では決してなく、むしろさらさらと透きとおっているのに、皮下まで浸透し、細胞のひとつひとつを快くみたしてゆくような、そんな声だった。

「——夜明けの砂地は、蜜のような色になるものです。ぼくはその蜜のような色を、いい気もちになってながめていました。苦労するわけなんか、どこにもありませんでした——」

一文字ずつを、大切に、丁寧に、読みあげる朝日先輩を見ていると、彼はほんとうに本が好きなのだと改めて思った。膨大な読書量だけではなく、本を扱う些細な仕草からもいとおしむ心は伝わってくる。

わたしにとって本は逃避だった。どこまでもつづいてゆく夜を消費するための道具。真夜中になるとあふれだしてくる、理由のないさみしさや、かなしみや、そういう暗い色の感情の波をやりすごすために、重たい時間の底で活字を貪ってきた。だからあのとき、夕方のおだやかなひかりのしたであんなに幸せそうに物語を楽しんでいる先輩を見たとき、ひどく尊いもののように感じたのかもしれない。

これからも先輩は本を読みつづけるだろう。そのたびに彼の感受性はますます研ぎ澄まされ、純化されてゆく。彼のあたまのなかの、閉じた世界を想像した。人のいない図書館の匂い。異国のちいさな物語。梔子いろの落葉。そして昨日の、流れるようにうつくしかった夜。彼の目になってみたい、とわたしは思った。そうして彼と同じ世界を味わってみたい。

全員が二章ずつほど朗読したところで、チャイムが鳴った。夢から覚めたばかりのようなやわらかい空気のなか、鼓膜の奥では朝日先輩の声がわたしのそれと混じりあい、あまやかに反響しつづけていた。


「眞子、誰かと付き合ってるでしょ」

ある日の昼休み。唐突に友だちから問われたわたしは、一瞬、言葉の意味をはかりかねた。

「今は誰とも付き合ってないよ。どういうこと？」

意味もわからず答えると、彼女は笑いながら隣の子と顔を見合わせた。

「ねー、だから言ったじゃん。やっぱ違うって」

話についていけず困っていると、叶子が横から教えてくれた。

「最近、眞子が図書館で背の高い男の人と一緒に過ごしてるのを見たって誰かが言ってたの。黒髪で癖毛の人、心当たりある？」

「彼は、ただの部活の先輩だよ。そういう関係じゃない」

むきになって答えると、叶子はちいさく肩をすくめるそぶりをして、それきり黙ってしまった。

わたしがそれ以上何も話そうとしなかったせいで、なんとなく気まずい雰囲気になってしまった。お弁当を食べ終えた子から立ち上がり、ばらばらとこの場から散ってゆく。

残されたわたしと叶子は、ふたりで向かい合ってデザートのくだものを食べた。みかんを剝きながら、叶子が言う。

「眞子、怒ってる？」

「怒ってないよ。なんで？」

「目が怖いもん」

あんたはいつも顔に出すぎ、と叶子に笑われ、急に恥ずかしくなった。

「だってそもそも、そんなこと考えたことなかった」

恋人同士になんて、なりたくない。せっかく見つけた、趣味の合う人なのだ。今のこの関係をたいせつにしたかった。

もし、わたしと朝日先輩が恋人同士になってしまったら。わたしたちはデートしたり、手をつないだりするだろう。でも、数年後は？　同じ進路を歩むこともなく、まして結婚できるわけでもない。必ず終わるときがくるのだと、高校生のわたしたちは知っている。いつかきっと先輩はわたしより大切なものを見つける。それはたとえば進路のことかもしれないし、そうじゃないかもしれない。でもそのとき、確実に、わたしたちは別れる。自然に。ほどけるように。最初から、何もなかったみたいに。

だから恋人なんていらない。ままごとみたいな、すぐに終わってしまう恋愛なんていらない。一瞬だけの深い関係を求めなくとも、適切な距離を保って友だち同士でいれば、始まらないかわりに終わりもないのだ。それで、充分だと思った。

「残念だけど、ちょっと見当たらないわね」

司書さんの言葉に、「そうですか」とわたしはため息をついた。探している本がどうしても見つからず検索してもらったけれど、そもそもこの図書館に置いていなかったのだ。

「ほかの学校に貸してくれるよう頼んでみましょうか。すこし、時間はかかるけど」

お願いします、と言ったそのとき、階段の上から朝日先輩の声がした。

「その本、多分うちにあるよ。貸そうか？」

「ほんとうですか。貸してほしいです」

「その作家のほかの本も、いっぱいあるよ。絶版本も」

にやにやと自慢げに笑う先輩に思わず、いいなあ、と呟くと、彼は急に真面目な声になって「借りに来たら？」と言った。

「自分で選んだ方が早いだろ。来なよ」

「え、でもそんな」

「どうせ家には兄貴しかいないし。なんなら今日、これからでも」

急な展開についていけず戸惑っていると、コートをはおった先輩が二階から降りてきた。不思議そうな顔で「もしかして何か予定でもあった？」とわたしに訊ねる。

「いえ、特にないですけど……」

「じゃあ行こう」

朝日先輩は、扉をあけてさっさと出て行ってしまった。司書さんにかるく頭を下げてから、慌ててあとを追いかける。

嬉しさより、緊張の方がまさっていた。わたしを家に誘ったのはもちろん本を貸すためで、決して他意はないのだと、必死に自分に言い聞かせる。特別なことは何もない。朝日先輩にとってわたしは読書部の後輩であり、それ以上でもそれ以下でもない。わたしにとっても。

だいぶ寒くなってきたな、とのんびり呟く先輩のすこし後ろを歩きながら、そう強く思った。


学校からしばらく歩いたところにある団地の先の、古いアパートの一室に朝日先輩は住んでいた。建物がすこし奥まったところにあるせいか、アパートの前には縦に長い、道のような庭があった。詰めこむようにぎっしりと植えられた植物たちは、隣のおおきなマンションに陽射しを遮られて力なく萎れ、僅かな日光から湿った空気をつくりだしては葉陰にじっとりと澱ませていた。

鉄の螺旋(らせん)階段をのぼり、二階へ上がる。先輩はいちばん奥の部屋の前で立ち止まり、鍵をあけた。

「どうぞ」

言われるがままに玄関にあがる。リビングに足を踏み入れた瞬間、わたしは息をのんだ。そこは、本のための部屋だった。四方の壁一面には、ぎっしりと中身の詰まった本棚が置かれている。棚に収まりきらなかった本たちは床になだれ、またあちこちに塔をつくっていた。ちいさな窓からそそぐひかりが、書物の海をあさく照らしている。

くすんだクリーム色のソファが、こちらに背を向けるようにして置かれている。出窓にずらりと並べられた観葉植物を眺めていると、ソファに寝転んでいたらしいだれかがぬっと起き上がった。

朝日先輩とそっくりの顔をした、男のひとだった。髪の毛は寝癖もなくきれいに整えられているけれど、眠たそうな目をしている。黒いニットのカーディガンを着ているせいで、首元と顔の白さがきわだっていた。

「珍しいな。実(みのる)のお客さんだ」

心底おどろいたような顔をして、彼はわたしを凝視した。思わずたじろぐと、朝日先輩が慌てて言う。

「部活の後輩。本を貸してほしいって」

そう、と彼はもういちどわたしの顔を見て、それから「好きなだけ持ってっていいよ」と言った。

「向こう側の棚が外国文学、あっちが日本文学で、そこの棚が詩集。床に散らかってる本も好きに見てくれていいから」

「はい。ありがとうございます」

わたしは彼に向かってちいさく頭をさげ、それから本棚をじっくり見始めた。その後ろで、先輩と彼が話している。わたしは本を選ぶふりをして、ふたりの会話に耳を傾けた。

「今日は晩ごはん、家で食べるよな」

「うん。一也(かずや)、作ってくれるの？」

「別にいいよ。あの子を送っていくんだろう」

それからふたりはぼそぼそと呟くように会話をした。声が小さすぎて、上手く聞き取れない。本の背表紙を眺めていると、「受験」という言葉がきこえて、ぎくりとした。思わず振り向くと、ふたりはさっと視線を外した。

「選べた？」

朝日先輩に訊かれたわたしは慌てて前に向き直り、それからは本を選び出すことだけに集中した。

悩んだ末、目的の本に加えてガルシア＝マルケスの『エレンディラ』とカルヴィーノを何冊か、そして既に絶版になった日本の幻想文学の本を選んだ。

「返すのはいつでもいいよ」

朝日先輩のお兄さん——一也さんに言われ、わたしは頭を下げた。

外はすでに日が暮れかけていた。たっぷりの水をふくんだ筆でさっと刷(は)いたような薄紫の空に、団地を複雑に飛び交う電線が黒いシルエットとなって浮かびあがっている。

「今日は自転車は？」

「学校に置いてきました」

わたしたちは並んで歩き出した。学校に着くまでずっと沈黙がつづいたらどうしようと心配していると、朝日先輩が前を向いたままふいに口をひらいた。

「スペースデブリって知ってる？　このあいだ本で読んだんだけど、地球に近い宇宙には人間の出した塵が漂ってるんだって。それも、膨大な数の」

「ロケットとか打ち上げるのに、邪魔にならないんですか」

「うん、それでいろんな国が困っていて、回収するための策がいろいろ考えられてるらしいよ」

でも人工衛星の破片とかちょっと素敵だと思うんだけどな、という先輩の呟きに相槌(あいづち)を打ちながら、わたしは空をみあげた。澄みとおった高い夜空には、すこしの濁りもみえない。

空を仰ぎながら歩いていると、先輩が「そういえば」と呟いた。

「俺、こないだプラネタリウム買ったんだ。家庭用のちっちゃいやつ。まだ届いてないけど」

「えっ、ほんとですか。すごく羨ましいです」

おどろいて言うと、先輩は笑った。

「また観に来ればいいよ」

わたしは大きく頷いた。彼の言葉が、素直に嬉しかった。

学校に着いたわたしたちは、校門で別れた。

「また明日」

手を振る彼に頭を下げてから、駐輪場に向かう。歩きながら、わたしはもう一度、夜空を見た。

成層圏の遙か高み、真っ暗闇の宇宙には今でもおびただしい量のがらくたが遊泳しているのだろうか。果てのない溟(うみ)に漂う、にんげんのつくりだしたほんのちっぽけな文明のかけらたち。

朝日先輩と過ごす夜は、いつもきれいだ。頭上に展開する星々の世界に見入りながら、もっと彼と一緒にいたい、とぼんやり思った。ずっと、彼のそばで夜空を眺めていたい。

ふいに、彼の声が鼓膜によみがえる。

——ぼくは夜になると、空に光っている星たちに、耳をすますのがすきです。まるで五億の鈴が、鳴りわたっているようです……

その瞬間、あちこちに散らばり光っている数えきれないほどの星粒が、いっせいに瞬いた。まるで笑っているようだった。透きとおった風が大気にさざめき、髪がぱらぱらと宙にほどける。ひかりのしずくが双眸(そうぼう)に映りこみ、たおやかな弧をえがいて瞳の表面をすべりおちる。珠玉のような青藍色の世界に包まれながら、朝日先輩のことを想った。まなざし。仕草。笑い声。指先。次々と思い起こしては、たぐりよせる。自分の気持ちを。

ほんとうは、最初に出会ったときから気になっていた。初めて背中にふれたときの鼓動がまた、鮮やかによみがえる。つまさきから一気に、熱い液体がこみあげてくるようだった。

三日月が白く揺れ、星がぱらぱらと散る。

風が徐々に静まる。

そうしてわたしは、自分が朝日先輩に恋をしていることを知った。

それは、自覚だった。からだの芯からずっしりと響いてくるような、重たい、決定的な自覚だった。つめたく暗く澄みとおった思考で、本当はずっとこのままが良かったのに、と思った。何も始まらなくていい。それでいて、からがりあっていた糸がようやくほぐれたような、どこか清々しい気持ちも感じていた。

薄青い夜の底で、わたしは生まれたての感情をどうすることもできないまま、そっと胸に沈めた。

十一月のある日の放課後、わたしたちは学校近くの公園に集まった。朝日先輩がとつぜん、「ピクニックしたい」と言い出したからだ。

閑散とした公園の片隅、それぞれ持参したお菓子や飲みものを藤棚のしたのテーブルに並べる。自分から言い出したにもかかわらず、朝日先輩はセーターを何枚も着こみ、「寒っ」と呻きながらマフラーに顔を半分以上うずめていた。杉田先輩はお菓子を食べながら、魔法瓶のホットココアをすすっていた。わたしはブランケットにくるまったまま、朝日先輩と目を合わさないように遠くでざわめく木々の葉をぼんやりと眺めた。

朝日先輩のことは好きだけど、それを伝えることはしたくない。叶子と平井くんの、深海のように重く静かな悲しみを思いだしながら、わたしは考えた。たとえ恋人同士になったとしても、いつか必ず別れてしまうのだから。ずっと彼の近くにいるためには、やはり感情を押し殺しつづけるしかないのだ。

ふいに朝日先輩が「こんなの持ってきたんだ」と透明な蓋つきの容器をとりだした。なかには濃くいろづいたさくらんぼの粒がたっぷりのシロップにひたっている。朝日先輩は、円くつややかな一粒を手に取ってわたしと杉田先輩にくれた。

「季節外れだけど、あまくておいしいよ」

シロップをしたたらせているさくらんぼを舌のうえにのせると、皮の内がわから甘みがしみだしてくる。かみしめると、量の少ない蜜のような果肉がちぎれ、淡い酸味をのこして消えた。

それからは、お菓子を食べながらすこし喋っては本を読み、また顔をあげてぽつぽつと会話したり、そんな風に時間を過ごした。空はつめたくうすい一枚の硝子のように平(たい)らかだった。ときおり鋭くとがった冷気が剝がれ落ちてきては、顔や指先を突き刺すように冷やしてゆく。

あらかたのお菓子を食べおわったとき、とつぜん杉田先輩の携帯電話が鳴った。相手は、コンピュータ部の部長のようだった。

「パソコンの調子が悪いらしくてヘルプに呼ばれたから、悪いけど先帰るね」

杉田先輩は、さっさと自分の分の後片付けを終えて、公園から出て行ってしまった。

朝日先輩はココアを飲みながら、困ったように笑った。

「昔からああいうやつなんだよ。俺と一緒に居ても、誰かに呼ばれたらすぐそっちに行ってしまう」

わたしは曖昧に微笑みながら考えた。もしかしたら今言うべきなのだろうか。誰にも邪魔されない、ふたりきりの夕暮れ。

「朝日先輩」

呼びかけると、彼はこちらを見た。まっくろな瞳を見たその瞬間、わたしは決めた。今、彼に気持ちを伝える。

そのときまで告白するつもりなど、もちろんなかった。こんな感情、彼に打ち明けたところでどうにもなりはしない。恋人同士になるのは絶対に嫌だったし、そもそも拒否されるかもしれない。

だから自分できちんと感情を処理して、今までと同じように先輩と喋り、本を読み、そうしていつまでも彼のそばにいつづけるつもりだった。始まりも終わりもなく、ひたすら連綿とつづくだけの平行な関係がほしかったから。

それでも、本当は。

本当は、伝えてみたかったのかもしれない。だって、わたしは彼に恋をしているのだ。彼のことが好きで、大好きで、しかたないのだ。

わたしは息を吸い、そして言った。

「好きです」

彼は、まばたきひとつせずに、わたしを見た。

おそろしく永い一瞬だった。心臓の鼓動が痛い。

はりつめた緊張が限界に達しようとしたそのとき、朝日先輩が口をひらいた。

「俺も、好きだよ」

体中にこもっていた力がゆるむ。

嬉しさが、感情の熱い塊が、喉元にこみあげてくる。けれど、先輩は言葉をつづけた。

「杉田と兄貴と同じくらい、今は岩倉さんのことも大切に思ってるし、手放したくない」

「え?」

一気に、心臓の熱が冷めてゆくのがわかった。なぜ、今、彼らの名前が出てくるのだろう。

「それって、どういうことですか」

「そのままの意味だよ。みんな大切で、大好きなんだ。杉田も、兄貴も、岩倉さんも」

朝日先輩は、ゆっくりと喋りはじめた。

「兄貴とは、俺が高校に入ったときから二人だけで暮らしてる。昔から両親が仕事で留守がちなせいで、ほとんど二人暮らしみたいな感じだったけど。俺も一也とふたりでいる方が楽なんだ。

ぜんぶ教えてもらった。本はもちろん、勉強とか家事まで。俺が中学を卒業する頃に兄貴が仕事の関係でひとり暮らしすることになって、それで俺も追いかけるみたいにしてあの部屋に住みついた」

先輩はちいさく息を吐き、また話し始める。わたしはただ、彼の話に耳を傾けるしかなかった。

「杉田は幼稚園からの付き合いなんだ。話も合うし、一緒にいても気を使わなくていいし。クラスもずっと同じだったし、友だちは杉田だけだった。高校でクラスが別々になってそろそろ他の友だちもつくらないと、って思った。入学してすぐ積極的にクラスメイトに話しかけた。でも、うまくいかなかった。

びっくりするくらい、周りと話が合わなかったんだよ。俺は本以外の世界を全く知らなかった。知らなくても、本の話が通じる杉田といつも一緒にいたから困らなかった。杉田と離れて初めて、自分がいかにちっぽけな世界のなかに閉じこもっていたのかわかった。

それからは周りの友だちに話を合わせるよう努めて、だんだんふつうの世界に慣れていった。けれどやっぱり、本についての話ができなくてさみしかったんだ。だから岩倉さんと初めて話したあの日、俺がどんなに嬉しかったか」

朝日先輩は低くわらい、それからふいに笑みを消すとわたしを見つめた。

「杉田と兄貴と、それから岩倉さんと。もし三人のうちの誰かひとりでもいなくなってしまったら、たぶん俺は一秒と生きられない」

ほんとうに大切なんだ、と真剣な顔で朝日先輩は言った。

「どうしようもなく大好きで、いとおしいんだ。いつも切実に求めてる。失えばきっと死ぬ」

「でもそれって、ほんとの恋じゃないですよね？」

堪えきれずに訊くと、先輩はきょとんとした顔でわたしを見つめ返した。たじろぎながら、なおもわたしは訊ねる。

「わたしとキスしたいとか、手をつなぎたいとか、そういうことでは、ないんですよね？」

先輩は、何も言わなかった。表情のない顔。ただ、まっくろのひとみがわたしをとらえている。白い顔にぽっちりと浮かんだ、ふたつの黝い湖。

すいこまれそうだと思った。暗くふかい、えいえんの闇に。彼の世界に。そこでは、誰もが平等に彼に愛される。わたしたちは三人で手をつなぎ、彼の周りをぐるぐるまわる。朝日先輩の優しい微笑みにつつまれながら。

わたしは無理やり笑顔をつくって、訊ねた。

「わたしのこと、好きですか?」

「好きだよ」

即答。

わたしは、じっと先輩を見た。彼もわたしを見つめ返してくる。まっすぐな視線だった。

「それは、わたしと恋人になりたい、という意味の言葉ですか?」

先輩は、ゆっくりと瞬きをして、目を逸らした。わたしは凍りついてしまったように動けず、声を出すことすらできなかった。

すみれいろの空から夜がこぼれてあふれ、あっというまに道を、建物を、田畑を、街を、蒼白く浸してゆく。思いがけないかたちで行き詰まってしまったこの感情を、どうすればいいのかわからなかった。夕闇に沈みゆくだだっ広い公園の端で、わたしたちは途方に暮れた。


「岩倉さん、ちょっといいかな」

放課後、教室で帰り支度をしていると、廊下から呼ばれた。

杉田先輩だ。心臓が、大きく跳ねる。逃げ出したい気持ちを必死にこらえて近づくと、

「ちょっと話をしたいんだけど、時間あるかな」と優しく微笑まれた。

怒られるかもしれないと身構えていたわたしは拍子抜けして、思わず頷いてしまった。杉田先輩は、もういちど笑ってみせた。

あの日からもう一週間、わたしは部活に行っていない。朝日先輩と顔を合わせるのが気まずい、というそれだけの理由で。

幼稚だとは分かっていた。けれど、どうしても顔を合わせづらい。先輩がわたしの告白を拒否したという事実が、ぬったりと湿り気を帯びて首元に巻きつき、徐々に絞めあげてゆくようだった。告白なんてしなければよかった。そうしたら、ずっと前みたいに三人で楽しく笑っていられたのに。

杉田先輩に連れられ、本館を出て小道の方に歩いた。校舎の方からひびいてくる笑い声や喧騒はすべて、たっぷりと積もったあかるいいろの葉に吸収しつくされ、森にはいつものようにしめやかな静謐(せいひつ)が冴えわたっていた。そのまま図書館に行くのかと思ったら、杉田先輩は道を逸れて西棟の隅にむかった。

「こっちだよ」

建物の端には、非常用の階段が細くのびている。三角コーンを軽々と越え、先輩は階段をのぼりはじめた。わたしが訝(いぶか)しげな顔をしているのに気づくと、ちいさく笑う。

「あんまり人の来ないところの方がいいと思って。それに、景色もきれいだし」

三階の踊り場で、ようやく彼は足を止めた。わたしは肩で息をしながら、眼下をながめた。紅葉した森の木々が風に揺れている。グラウンドにはいくつかの人影がちらちらと動き回っていた。

杉田先輩が手すりに寄りかかって言った。

「最近、部活来ないね。朝日が寂しがってるよ」

「……もう全部、朝日先輩から聞いてるんですね」

わたしが告白したことも。それで朝日先輩が悩んでいることも。おそらく、朝日先輩はすべて話したのだろう。ちり、と微かに胸が焼け焦げる。

「あいつ、いま悩んでるよ。どうすれば岩倉さんが戻ってきてくれるだろうって」

「部活には戻れても、前みたいな関係には二度と戻れません。わたしは朝日先輩のことが好きだけど、彼はそうじゃないってわかってしまったから」

三人で並んでソファに坐り、それぞれ読書をしていた時間のことを思い出す。あんなふうに過ごすことはもうできないのかもしれないと思うと、途端に後悔がぐっと押し寄せてくる。

いきなり、杉田先輩がわたしの方に振り向いた。

「人との関係を苦しく感じるのは、相手とちゃんと向き合いたい、または向き合ってほしいと願っている証拠なんだよ」

杉田先輩は、それから明るい声でつづけた。

「でも朝日、考えてみれば最近ずっと変だったな。部活に岩倉さんを連れてきたときは、ほんとにびっくりした。だって、ちいさいときから友だちは僕ひとりだけで、ずっと誰とも仲良くなろうともしなかったんだよ。それなのに突然、名前も知らない女の子を連れてきたんだ」

そういう時期なのかもね、と彼は呟いた。

「自分の古い世界を壊してまた新しく一からつくっていく時期。大学も決まったみたいだし」

「……朝日先輩、どこに進学されるんですか」

「県内の大学だって。つい先日、推薦で決まったみたい」

図書館司書になりたいらしいよ、と杉田先輩は微笑んだ。

「三年は今、いろいろ決めていかなければならない時期にきてるんだ。今まで子どもと大人の間で曖昧に暮らしてきたけれど、じきに高校生活も終わってしまうから。僕たちは一斉に大人にならないといけない」

幼い顔だちに大人の骨格をもった彼らは、ひとり、またひとりと向こう側へ渡ってゆく。大人になりたくない、ずっとこっち側にいたい、と泣きすがるひと。誰よりも速く、向こうへ駆けてゆくひと。時間の船は容赦なく突き進み、やがて全ての十八歳たちを一人残らず向こう側へと送り届ける。わたしは、そんな彼らを此岸の際で佇(たたず)んで見送る。

卒業と同時に、溶けるように消えていった恋はいくつあるのだろう。やがて途切れてしまう連絡は、友情の停止を意味する。恋愛も友情も、すべての人間関係は清算され、また新しい世界がやってくるのだ。

朝日先輩も、そうなのだろうか。卒業して、大学に行ってしまえば、わたしのことなんてすぐに忘れてしまうのだろうか。

「あとこれ、渡しておいてって言われた」と、杉田先輩から紙切れを渡された。

「朝日、岩倉さんのこと待ってるよ」

杉田先輩は、にこりともせずに言った。痛いほどまっすぐな視線。それから彼は階下に降りていった。足音がきこえなくなってから、わたしはてのひらのなかの紙をそっとひらいた。

『前に言ってた、プラネタリウムが届きました。もしよかったら、いつでも観においで』

わたしは紙をきちんと折りたたみ、制服のポケットにしまった。それから腰をあげ、階段の手すりにもたれて、しばらく景色を眺めた。校庭、武道場、そして森。図書館の屋根が、木々の隙間からちいさく覗いている。あそこに、朝日先輩がいる。

会いたい、と思った。たとえ彼がわたしを恋愛の対象として見てくれなくても、いつか離れてしまうとしても。

わたしは朝日先輩が好きだ。だから会いに行く。呟いた瞬間に世界が一気に鮮明になった気がして、わたしは勢いよく階段を駆けおり始めた。

何を喋ろうかとそればかりを考えていたけれど、実際に朝日先輩を前にするとそんなありあわせの言葉なんか必要ないのだとわかった。「これ、ありがとうございました」と借りた本の入った紙袋を渡すと、先輩は静かにそれを受け取った。どう切り出せばいいかわからず立ち尽くしていると、朝日先輩は言った。

「星、うちに観にきてほしい。話したいこともあるし」

わたしは頷き、歩き出した彼の後につづいた。

田畑の中を突き抜ける平たい一本道を、わたしたちは黙々と歩いた。さえぎるもののない広い野菜畑を、風が滑らかに渡ってゆく。空はうすい桃いろで、夕陽は蜜のような光をべったりと空に擦りつけながら、薄紫に煙る稜線の向こうに消えようとしていた。

一言もしゃべらないまま、重く粘ついた光線が射しかかる団地を抜けて、朝日先輩の住むアパートに着いた。部屋は薄暗く、人の気配はない。窓から射しこむ光の束のなかに、無数の塵が浮遊していた。

朝日先輩はカーテンを閉め、部屋の隅にあった箱から大きな黒い卵のような機械を取り出した。

「考えてみたんだけど、やっぱり岩倉さんの言っている恋愛感情っていうのはわからなかった」

丁寧な手つきで、機械がセットされてゆく。遮光カーテンのすりきれた布地から、外の光が浅く入りこんでいた。

区別できないんだよ、と彼はうつむいたままちいさな声で言った。

「中学生の頃、杉田のことが本当に好きだった時期があるんだ。こんなの誰にも話したことないけど。中学生の頃は、あいつのことばかり考えてた。今頃別のクラスの別の友だちと話しているんだろうな、って想像すると嫉妬したし、いつか飽きられてしまうと考えたら怖くなった。

高二のときクラスが一緒になって、急に気持ちがおさまってゆくのがわかった。今もあいつのことは大切だし、尊敬もしてるよ」

先輩はしばらく言葉を切り、投影機にフィルターを挿しこんだ。わたしは何も言えず、ただ薄闇のなかにぼんやりと浮かぶ彼の白い手を見つめていた。

「いちど好きになったら、もう歯止めが効かない。家族でも同性でも関係ない。全身全霊で愛して、ひたすら執着して、依存する。恋愛と友情の区別なんかないよ。好き、っていう気持ちには一種類しかないんだから」

わたしは口をつぐんだまま、朝日先輩の横顔を見た。ようやく、理解した。限られた関係のなかで生きてきたせいで、感情の加減ができない。ごく少数の、ほんとうに大切な人たちだけを、同じ濃度、同じ重さで、愛する。それが彼のやり方なのだ。

「俺は、杉田や兄貴に対するのと同じくらい、岩倉さんと過ごしたいと思ってる。これは恋愛感情ではないのかもしれないし、そういう意味では、今はまだ岩倉さんの気持ちに応えられない。でも、俺は、あなたと一緒にいたいと思っている。もし岩倉さんもそう思ってくれているなら、ふたりでいる理由なんて、それだけでもう充分じゃないのか」

朝日先輩は機械から離れた。「灯り消すよ」と言われ、次の瞬間、ふっと視界が暗くなる。暗闇に目が慣れる前に、辺りに青い光が飛び散った。まるい投影機が、壁や天井にホログラムを映しだしていた。歪曲した彗星が、細長い冥王星が、しろく揺らめく。巨大ないきもののような銀河が、壁をなめるように移動してゆく。

目を閉じると、あの小さな星の物語が浮かんでくる。巨(おお)きな樹の根に砕かれた星の核やひびの入った硝子の覆い、薔薇(ばら)の茎をゆっくりとのぼってゆくうすみどりいろの幼虫、ちらちらと明滅する街灯が、まぶたの裏のやわらかい闇に次々と閃いては消えた。

宇宙は常夜だ。そして、朝日先輩の世界も。杉田先輩と、一也さん。ふたりは彼にとって同じ重さをもっていた。完結した関係。あたらしい光の入らない、夜の王国。そんな閉じた世界に、わたしは彼自身によって引き入れられた。

今はまだわたしの気持ちに応えることはできない、と先輩は言った。でも一緒にいたい、とも。わたしはずっと、こんな関係を求めていたのではないか。見せかけのままごとみたいな恋じゃなくて、一人の人間として互いを尊敬し合えるような、長く長くつづいていく関係。

「わたしも、朝日先輩とずっと一緒にいたいです」

ふいに彼は、わたしの額にくちづけた。恋人に対して、というより、なにか大切な宝物をいつくしむような仕草だった。泣きそうになるのをこらえて、わたしは訊ねる。

「でも、大学に行ってしまうんですよね」

「大学は今のアパートから通うよ。だからこれからも、いつでも会える。ときどき杉田も呼んで、みんなでお菓子を食べよう。プラネタリウムもいっぱい観よう」

どうして彼はわたしのほしい言葉がわかるのだろう。言葉はじんわりと温かい液体となり、わたしの体内のありとあらゆる空洞を、あますところなく、速やかに満たしてゆく。

天井に映しだされた青白い星座たちは、ゆったりと移動しつづけていた。ときおり、プログラムされた流星が白い尾を曳(ひ)いて本棚のうえを流れてゆく。

たくさんの物語と宇宙が閉じこめられた部屋の底で、わたしたちは向かいあった。幾億もの星つぶが、瞼や、くちびるや、うでや、制服の上をゆっくりと覆ってゆき、やがてからだぜんたいが透明な闇にまじわり、輪郭がゆっくりとほぐれてゆく。

――いま、こうして目の前に見ているのは、人間の外がわだけだ、一ばんたいせつなものは、目に見えないのだ――

『星の王子さま』を朗読したときの、自分の声を思い出す。本当に大切なことは、わたしたち二人にしかわからない。それでいいのだ。友だちでも恋人でもないこの関係が他人に理解されなくても、わたしたち自身が幸福ならそれでいい。

朝日先輩はやがて、夜の国の涯(はて)に辿(たど)りつくだろう。モラトリアムが終わり新しい人間関係のなかに放りこまれれば、彼は他人との上手な接し方をすこしずつ覚える。そうして、じきに夜の迷路から抜け出せるはずだ。

いつか、先輩に恋をしていることが苦しくなるかもしれない。彼のそばにいるからこそ余計に、行き場のない恋愛感情を持て余してしまうだろう。それなら、彼の夜が明けたそのとき、もう一度自分の気持ちを伝えればいい。焦る必要はない。先輩はずっと、わたしの近くにいつづけてくれるのだから。

銀河系の細々とした星群は、収斂(しゅうれん)と拡散をゆるやかに繰り返す。部屋のあちこちで弾けては流れてゆくひかりを見ていたら、朝日先輩がまるで仔猫にするようにわたしの頭をくしゃくしゃと搔き撫ぜた。その手つきがくすぐったくて、嬉しくて、わたしはささやかな笑い声をあげた。

夜は、優しく、秘めやかに、廻(まわ)りつづけている。

エフェメラ

昔からきれいなものが好きだった。鉱物の原石、天球儀、植物の細密画、球体関節人形、オオルリアゲハの標本。きれいで、どこかいびつな世界を教えてくれたのは、七つ上の姉の翡翠（ひすい）だった。

彼女の部屋はいつもがらくたであふれかえっていた。百貨店で揃えられた高価なガラス製のチェス盤や、フリーマーケットで掘りだした回転木馬のかたちをしたオルゴールなど、とにかくおびただしい数のがらくたが天井や壁や床にみっしりと飾られている。奇怪な生物の体内のような、混沌とした空間だった。

真夜中、ぼくはこっそりとベッドを抜けて翡翠の部屋をノックする。扉をひらきながら彼女はぼくの手を引き、ベッドに向かう。ぼくたちは毛布にもぐりこみ顔を寄せ合って、宝物に見入った。電球の黄色い光の粒が毛布の繊維を透かして降り注ぎ、翡翠の整った顔をやわらかく照らし出した。

たくさんの宝物を隠した洞窟のような部屋の扉は、けれど、翡翠が結婚して家を出て行ってから、もう何年も閉ざされている。

自室の窓をあけると、清冽（せいれつ）な雪の匂いがつんと鼻にひびいた。昨夜降りつづいた雪は、眼下にひろがる薄汚れた道を、田畑を、ずっと遠くの線路を、容赦なく白に塗りかえていた。午前七時すぎ。くろいレインブーツを履いた父が、車の窓に積もった雪を落としている。川岸の柿の木が、枝に載った雪のおもみにたえきれず、おおきくしなる。

ひと晩分の呼気と熱気でよどんだ部屋の空気をいれかえてから窓を閉め、ざっくりした紺のセーターに腕をとおした。アカネの水槽を覗きこんでから、階下に降りる。

台所に足を踏み入れようとして、ぼくは立ち止まった。

ちいさなこどもが、食卓の椅子に坐（すわ）っていた。行儀よく背筋を伸ばし、スクランブルエッグをスプーンですくって食べている。

「……琥珀（こはく）？」

名前を呼ぶと、こどもはぼくの方を見た。うすくあいた口の周りに、べったりとケチャップがくっついている。

「預かってほしいって、翡翠が昨日おそくに連れてきたのよ。ちょっと用事がある、明日の夜にまた来るから、って」

流し台の方から母がエプロンで手を拭いながら現れる。ふうん、とぼくはあいづちを打ちながら、じぶんの席についた。トーストとゆで卵とくだものと、それからほかにもたくさんのたべものの温かいにおいと湯気が、台所全体に充満している。ホットミルクを注ぎながら、横目で琥珀を盗み見る。伏せられた長い茶色の睫毛。

「翡翠はいつくるんだよ」

「だから今晩だって言ってるでしょ」

「修二さんは？」

「仕事の都合でもうしばらく来られないって、翡翠が言ってた」

おとうさんもおかあさんもいなくてさみしいわね、と母が琥珀の頭をなでたが、彼は構わずごはんを食べつづけている。

「裕輔、朝ごはん食べ終わったら遊んであげてね。あ、冬休みの課題もちゃんとやりなさいよ」

あー、うん、と答えながら、ぼくはトーストにジャムを塗りつける。

こどもの面倒を見るのは好きだ。ごはんを食べさせて、身辺を清潔に保たせて。蛇の飼育も同じことだ。マウスを解凍したり水槽を洗ったり、そうやってきれいな生きものの世話をしていると、いとおしさがあふれてくる。かれらは、ぼくがいないと生きていけないほど脆弱なくせに、美しい。

「おかわり！」

勢いよくさしだされた琥珀のちいさな茶碗に、ぼくは白飯をたっぷりよそってやった。

朝食を終えたあと、ぼくは琥珀を連れて自室に戻った。

「ほら」

水槽の前に押しやると、琥珀は硝子(ガラス)に両手をくっつけて息を詰めて見入った。隅の方でうずくまっているアカネの白い鱗が、枯葉の隙間から覗いている。

「へび、しんでる」

「ちがう、寝てるだけ。冬になると、動きがゆっくりになるから」

ヒーターの温度をすこしだけ上げながら、ぼくは答えた。おそらく、日中にはもうすこし動きがよくなっているだろう。

アカネ。うつくしい蛇。睡(ねむ)たげな深紅のまなこで辺りをねめつけ、濡れひかる白鱗に鎧(よろ)われた身をくねらせて這(は)う。

こどもの頃、翡翠も蛇をほしがっていた。ぼくたちが初めて蛇を見たのは、曇った春の午後だった。人気のない、うす暗く湿った爬虫類館の片隅で、とぐろを巻いていた一匹の蛇。なにもかもがくすんだ水槽のなかで、純白の鱗だけがかがやいていた。それに、あの瞳。世界を映すための器官でありながら、それ自体がひとつぶの円(まる)く紅(あか)い世界を構成しているような、真紅の虹彩。

それ以来、このいきものを二人で飼うことがぼくたちの夢になったけれど、結局叶わなかった。翡翠はぼくよりずっと早く大人になり、そして蛇ではなく人間のこどもを手に入れた。それも、自分とそっくりのこどもを。

ぴくりともうごかない蛇に飽きたらしい琥珀が、ぼくの手のひらをつかんだまま言った。

「お外いきたい」

ぼくは手を握り返しながら、翡翠がこの子を産んだのだということをあらためて実感した。幼くて、そのくせ目が覚めるほど綺麗な顔をしている、ちいさな男の子。

部屋を出るときにふと振り返ると、アカネが目を覚まして首をもたげているのが見えた。朱色の視線に絡めとられる前に、ぼくは部屋のドアを閉めた。


雪の降る日、空をみあげるのが好きだった。灰いろに濁った雲から降ってくる雪片を眺めていると、だんだん頭がぼうっとしてくる。

足元にはまだ、誰も踏んでいない真新しい積雪がひろがっていた。つもりたてのやわらかい雪はまるで女のひとの膚のようだ。水気をたっぷりふくんだ、きめこまかい雪肌。

半透明に凍りついたアスファルトの上を、琥珀はどんどん歩いてゆく。黒いコートを着たぼくは、そのすこし後ろをついてゆきながら翡翠のことを思い浮かべた。

うすみどりいろの宝石の名をあたえられたぼくの姉は、こどもの頃からきれいだった。翡翠、という言葉の持つまろくつめたい響きにふちどられたようなかんばせ。肌はひんやりと白く、切れ長の眼は何も映っていないのかと思うほど硬く澄みとおっている。実際、翡翠はこの世界のことを何も見ていなかったのかもしれない。何も見ず、何も理解しないまま、彼女は大人になってしまった。にんげんばなれした美しさをたずさえて産まれてきた、からっぽの少女。

「お花畑いきたい」

交差点で信号が変わるのをぼんやり待っていると、ふいに琥珀が言った。

「植物園のこと？　もう閉まったよ」

「ちょうちょもいっぱい」

「だからもう閉園したんだって」

ためいきを吐きながら言うと、琥珀は駄々をこねて道の端に坐りこんでしまった。仕方なく、「分かったから。行こう」と言うと、とたんに顔をほころばせて駆(か)けだす。

うちに帰ってくるたび、翡翠は琥珀をつれて植物園に遊びに行っていた。たぶんその習慣のせいだろう、と琥珀を早足で追いながら思う。植物園。夏に行ったきり、一度も訪れていない。ぼくはもういちどためいきを吐いてから、楽しそうに微笑んでいる琥珀の、つめたく赤らんだ手をにぎった。


あいかわらず、植物園は人気(ひとけ)がなかった。冬の廃園はおそろしいほど静かで、ときおりどこか遠くの枝で雪のくずれる音がひびいた。空は、薄氷のような平たい雲で埋め尽くされていて、その奥に広がる青空のかすかな気配が、雲間からほんのりと滲(にじ)みだしていた。あちこちにひびが入り、今にも崩れおちそうな硝子のドームを指さして、琥珀が言う。

「こわれてる」

ぼくは琥珀を抱きかかえ、壁の亀裂に身をくぐらせてなかに入った。

温室は、たしかにこわれていた。夏のときとは比べものにならないくらい、劣化が激しい。壁は半壊し、外との区別がつかない場所もある。琥珀はぽかんと口をあけたまま、壊れた天井から覗く空をみあげた。ぼくは雪の積もっていない花壇の縁に腰をおろし、琥珀を引き寄せて膝に抱く。

ひび割れた硝子と錆（さ）びついた鉄骨。温室はまるで、一匹の巨大な蟲（むし）の死骸のようだった。白く乾いた空気が、コンクリートの柱のあいだをゆるやかにながれている。

かつて温室は、温かい空気と南国のむせかえるような甘いにおいにつつまれた、ガラスの箱庭だった。こどもの頃の、ぼくと翡翠の遊び場。木々を縫って追いかけっこをしたり、放し飼いにされていた蝶を、蜜を塗った指先に止まらせたり、そうやってぼくたちは一日中ここで過ごした。

常夏の国は、去年の暮れに経営難であっさりと息絶えた。取り残された硝子製の温室は、完全に破壊されることもなく、新設された水族館の裏手に茫洋と佇（たたず）んでいる。

ぼくは枯れた叢（くさむら）に目をやった。半年ほど前、ここで叶子（きょうこ）と交わった。叶子。涼やかな目元に、ぽってりとした赤いくちびるをもった、ぼくの恋人だったひと。

怖かった。怖くて残酷な、女の子だった。

叶子のことを考えると必ず、あの日のことを思い出す。爛（ただ）れたような丹色（にいろ）のひかりが射し染めた夕暮れ。下腹を血まみれにして呆然としていた彼女。白い頬に一筋、赤い痕（あと）が引かれていた。毒々しいほど鮮やかなあの光景は、ぼくのまなうらに灼（や）きついたまま剝がれようとしない。底なしの肉の沼に、ぼくはすこしずつ引きずり込まれていった。おぞましい、けれどどこまでも甘美な、官能の世界。夕陽に照らされながら、ねっとりと黒ずんだ自分の血にまみれて腰を振っていた叶子の姿は、今でも忘れられない。

　ぼくは目を閉じて、ぎゅっと琥珀を抱きしめた。ちいさな、まあたらしい心臓の鼓動だけが、この非現実めいた世界のなかでの実在だった。

「琥珀、こっち向いて」

　すがるように呟く。振り返った顔は、こどものころの翡翠とそっくりで、ぼくは息をのんだ。瞼の裏に、ひとつの情景が浮かびあがってくる。硝子の大伽藍。視界の隅に閃く、けざやかな瑠璃の翅。そして、あの夏の夜。ぬばたまの闇をあかるませた白い肌。朽ちた庭に降る時雨。

「琥珀」

　そろそろ帰ろう、と立ち上がって伸ばした手を、こどもは素直につかんだ。
温室を出る間際に振り返ると、こわれた円蓋から射しこむ一条の光のなかを、ひとひらの雪が天使のようにゆっくりと舞い降りていった。

　翡翠がやってきたのは、夕食も終わるころだった。ワイン色の大判ストールにシンプルな黒いカットソー、ぴったりした細いジーンズを身につけた彼女は、まず最初に琥珀を抱きしめた。

「遅くなってごめんね。ただいま」

翡翠の細い腕のなかにとじこめられた琥珀のちいさな体の上に、長い黒髪がぱらぱらと落ちる。

「裕輔、久しぶり」

彼女は琥珀を抱きしめたまま、にっこりと笑って言った。

「おみやげがあるわ」

「どこ行ってたんだよ」

「ショッピングセンター」

「なんで?」

「気晴らしに買い物」

ほら、と大量の紙袋を見せられて、ぼくと母は顔を見合わせた。

昔から、翡翠は買い物が下手だった。母が顔をしかめるような柄の服やバッグ、メイク道具をやたらと買いあさっては、うれしそうにながめていた。それでも、どうしようもなく似合ってしまうのは、やはり彼女の端整な顔立ちと優美な曲線をえがく体のラインのせいなのだと思う。

有名ブランドのスカーレットの口紅を見せびらかす翡翠に、母が夕食を勧める。おなかすいた、と椅子に坐りながら左手で髪をかきあげた瞬間、親指に塡(は)められた碧い指輪が見えた。銀にふちどられたターコイズの指輪。

「それも買ったの？」

思わず訊くと、翡翠はこともなげに「修二さんがくれたの」と呟いた。

「ほんとは男物らしいけど。買ってから気付いたって。でも、きれいだからつけてるの」

ちぐはぐの服をまとい、安物の化粧道具でうすく顔をととのえ、フリーマーケットに出かけてはがらくたを蒐集していた十五歳の彼女。今ではすっきりとした服に身をつつみ、夫から贈られた指輪をつけている。

「琥珀にもおみやげ買ってきたのよ」

母がシチューを温めているあいだ、翡翠は息子を呼び寄せて白い手提げ袋を渡した。琥珀が包みをあけると、なかから出てきたのは鮮やかなパッケージにおさめられたプラスチックのかたまりだった。

「レゴブロックよ。好きな動物を自由につくりだせるっていうのが素敵でしょう」

琥珀は素直によろこび、さっそくブロックを弄りだす。

やっぱり翡翠は変わっていない。他人がどう思うかなど全く気にせず、自分が気に入ったものだけを買い、息子にも自分が選んだものを渡す。たったひとりで生きているような顔をして、そのくせ誰からでも愛される。

次々とかたちを変えてゆく新品のブロックをぼんやりと見つめながら、ぼくはじぶんの飼いつづけている、ほかのどんな生きものにも変わらないたった一匹の蛇を想った。

翌日は朝から吹雪だった。居間の窓際には、琥珀がつくった動物たちがずらりと並べられている。やけに角ばったライオンを手にとって眺めながら、翡翠も動物のミニチュアをもっていたことを思いだした。プラスチックでできた子ども向けの玩具ではない。精巧に模された、象牙製のいきものたち。

翡翠が中学生のときデパートで一目惚れして買ったもので、ぼくも何度か触らせてもらった。研磨された真白な表面は指に吸いつくような滑らかさで、輪郭の縁だけが光に淡く透けていた。一頭の巨大な獣の牙から彫りだされた模型たちは同じ質の静謐を纏い、今も翡翠の部屋にあるガラス棚でひっそりと群れている。

プラスチックの動物たちのパレードは窓際から台所の方までつづいていた。じっとりと冷えた床に点々とうずくまっている動物を踏まないように流しに立ち、コーヒーを淹れた。

中学生の頃の翡翠のことは、特によく覚えている。翡翠は、この世界で何の役にも立たない存在だった。字は下手で、頭も悪く、運動もできない。何の才能もない。けれど、なくてはならなかった。すくなくとも、翡翠に関わる人たちにとって。彼女をうしなえば生きていけないと、誰もがきっと信じていた。

まるで、美、そのもののようなひとだった。実用の価値は皆無。ただ眺められるためだけ、愛されるためだけ、それだけの存在だった。自分がある種の天才、美という特別な才能に恵まれていることの意味を、翡翠が知っていたのかどうかはわからない。ただ自身が放つあまやかな香気を、少なからず嗅ぎとっていたにちがいない。だからこそ、自分の同類ともいえる役立たずできれいなものを、こどものころからあんなにも愛していたのではないか。

　静まりかえったリビングのテーブル。マグカップからたちのぼる朝靄（あさもや）のような湯気が、いびつな動物園を薄くけぶらせていた。


　午後になると、吹雪の勢いはますます激しくなった。窓の外は白いばかりで何も見通せず、木枠は軋（きし）みを上げている。自室で課題をしていると、ふいにドアがノックされた。

「裕輔、ちょっとストーブに灯油を入れてくれない。うちはエアコンしかないから、やり方がわからなくて」

　翡翠だった。机に散らかったノートや教科書を見て、おどろいたように言う。

「勉強していたの？　邪魔してごめん。別に後でもかまわないから」

　そう言い置いて、ひきとめる間もなくふたたびドアを閉めた。勉強を続ける気がなくなったぼくは嘆息して、シャープペンシルを置いておおきく伸びをした。

　翡翠が無能だからこそ、ぼくは彼女と対等に生きていられたのかもしれない。誰かが手伝ってやらないと、翡翠は何もできない。両親はぼくたちに平等で、翡翠の顔が整っているからといって彼女を甘やかさなかったし、本当に必要なとき以外は手を貸そうともしなかった。自分のことは自分でする、と口癖のように言っていた父は、だからよく翡翠を叱りつけた。涙目で頬を真っ赤に染めた翡翠を見て、ぼくは同情とともに優越感にも似た感情を抱いた。

　すぐに周りに流される性格。稚拙な作文。他人の気持ちを汲み取れない愚鈍さ。何も理解しないまま、何も成さないまま、意味もなく微笑みつづける少女。その美しさは、翡翠という役立たずの個体をこの世界で生き残らせるために、彼女をかたちづくる遺伝子や細胞が強引につくりだしたかのようだった。平凡な家系に、唐突に咲いたあでやかな花。

目を閉じて、蒼白(あおじろ)い燐光(りんこう)を放つ遺伝子を想像する。翡翠の瞼や、膵臓や、虹彩や、腸骨の元となった二重螺旋(らせん)。平凡な両親の遺伝子がほとんど奇跡に近い美しさを翡翠の上で発露したことを思うたびにぼくは驚きにちかい感動をおぼえ、自分の胸に手をあてる。皮下の肉には白い肋骨の籠がうずもれていて、なかにおさまった心臓の振動がかすかにひびいてくる。平凡なぼくを生かすためにうごいている平凡な心臓。

ぼくのからだを構成している数十兆の細胞のなかに、翡翠とおなじかたちをした螺旋はひとつたりともまざっていないだろう。それでいい、とぼくは思う。それでいいのだ。そうでなければならない。翡翠は、とくべつなのだから。

「入れてきたよ」

灯油の入ったタンクを持って部屋の扉をひらくと、翡翠は「助かるわ」と微笑んだ。石油ストーブの蓋をあけてタンクを入れる。琥珀は、部屋の隅で毛布にくるまって昼寝をしていた。

実家にもどってきた翡翠はがらくたであふれた自分の部屋ではなく、その横の六畳の和室で過ごしはじめた。イグサの匂いが仄(ほの)かに香る畳、窓には緻密な模様が彫り込まれた一枚の氷のような結霜硝子がはめこまれている。

　部屋で二人で何してるんだろう、とあるとき母に訊ねてみると、そりゃあ一緒に遊んでるんでしょうよ、と煎餅を齧りながら返された。

　ぼくはときどき、二階の廊下で立ち止まる。隣同士に並んだ、ふたつの部屋の前で。膨大な品々が飾られた部屋と、たったひとりのこどもだけを囲ったがらんどうの部屋。

　翡翠にとっての価値。どちらがより重いか。過去と現在。物と命。

　較べるまでもない、とぼくはため息を吐く。これまで彼女が必死に蒐集してきた何百何千もの物たちより、たったひとりの男の子の方が、重い。当たり前のことだ。男の子。どんな物も記憶も持たずからだひとつで生まれてきて、できたての瞳で世界をすこしずつ理解してゆく、その無垢さ。けなげさ。シンプルな美しさだ。

　生まれたての琥珀を抱いて、病院のベッドに横たわっていた翡翠の姿を思い出す。前髪が汗に濡れて、額にべったりとくっついていた。上気した頬と熱っぽい瞳で、しずかにじぶんのこどもをみている。

「この子がね」

　翡翠が口元をゆるめる。かたい蕾がゆるやかに、螺旋状に、ほどけてゆくように。うちがわから、艶やかな色の花弁が覗く。真っ赤な口腔。

「この子がきっと、世界でいちばん美しいわ」

　琥珀は、彼女の腕のなかでまどろんでいる。できたての、皺々のかんばせ。水分をたっぷりふくんだ頬を、翡翠の細い指先がやわらかく圧（お）す。

いつのまにか、翡翠は母親になってしまった。すこしずつ蒐集していた鉱物も、気に入っていた画家のポストカードも、象牙のミニチュアも、蝶の標本も、何もかも置き捨てて結婚し、子供を産んだ。どこにでもある、ふつうの人生。翡翠はたしかに特別な人間なのに。一体いつからこんな風になってしまったのだろう。彼女は何を間違えてしまったのだろう。

昔、翡翠が自室として使っていた洋間のドアをあける。凍りつくような静寂に包まれて色褪せたがらくたたちは、太古の化石のようだった。壁に貼られたポスターや写真を視線でなぞりながら、ゆっくりと部屋を歩く。天蓋つきベッドのそばにあるガラス製のシェルフの前で立ち止まり、その表面にかるくふれてみた。透明な境界線に、一点の曇りが生じる。中にはラピスラズリの巨大な原石と、クラゲのフィギュアが飾られていた。

まっくろな遮光カーテンにとざされて冷えきったこの部屋は、グロテスクな玩具箱（おもちゃばこ）のようだった。持ち主を失い、捨てられた玩具箱。ひたすらきれいなものを追いつづけていた、ぼくたちの子ども時代の、なれの果て。

――この子がきっと、世界でいちばん美しいわ。

窓際に吊りさげられた月と惑星のモビールが、かすかに揺れた気がした。

水色がかった透明の泡粒がいきおいよく目の前をのぼってゆく。その一粒一粒の円い輪郭の底に瞬いているひかりを眺めているうちに息苦しくなり、水面を割って顔を出した。スピーカーから流れつづけているピアノの音と水泳教室の少女たちの笑い声とがまじりあって、なだらかに湾曲した楕円の天井に反響している。色素の抜けたビニール製の万国旗の向こう、サウナのすぐ横に掲げられた巨大な時計に目をやった。午後三時半。高い窓から射しこむ細い光の束は水面に触れた途端に織布のように拡がって、プールの底でこまやかな網目状となって揺らぐ。

ひゅう、と音がするほどつよく空気を吸い込んで、ふたたび水中に沈んだ。透きとおって高く響く光を体中に浴びながら、かるく脚を曲げ、思いきり蹴りだした。顔のまわりを水の粒子がはしり抜けてゆく。腕を直角にあげると、顔が一瞬だけ水面に出る。すばやく酸素を吸って、もう一振り。今度は左向きに顔が出る。空気を吸う。潜る。繰り返す。何も考えない。

こどもの頃から運動は得意だった。高校生になると、ぼくはいろんな友だちに頼んでさまざまな部活動に参加させてもらった。ひとつの部に縛られるのは嫌だった。チームの絆や勝敗なんて、どうだっていい。ただ、思いきり体を動かすことができればそれでよかった。汗をかくのは気持ちいいし、動いているあいだは何も考えずに済む。どんな競技でもそれなりにこなすことのできるぼくを、運動部の部員は歓迎してくれた。

けれど、夏休みが終わって二学期が始まった直後、ぼくは部活動に参加することを止めた。走っているとだんだん頭の後ろが鈍く痛んできて、まばたきの合間にちらちらと赤色が混じりはじめる。汗が急速に冷え、足がもつれる。鼻の奥から金属のにおいがつんと響く。血の匂いだ、と自覚した瞬間、全身の力が抜けて走れなくなる。急にグラウンドにしゃがみこんだぼくに向かって、心配そうに駆け寄ってくる女子マネージャーの長い黒髪を見て、吐きそうになった。必死に嘔吐をこらえながら、脳裏に浮かべてしまった叶子の姿と、夏の夕方の記憶をかき消す。あの光景を思い浮かべるだけで、感情に関係なく、からだが過敏反応を起こすのだ。つめたい汗が背筋を流れ、胃の中のものが逆流して喉元までせぐりあげてくる。がんがんと鳴り響く頭痛と眩暈のなかで、ひとりになりたい、と思った。

そうして水中をえらんだぼくは、皮膚を境に二種類の液体に浸かりつづけている。内側を流れる血液と、外側によどむ塩素まじりの水と。逆転したらどうなるのだろう、と全身の力を抜いてゆるく背泳ぎをしながら思った。今ここで泳いでいるすべての人間の体を循環している何百リットルもの血液が長方形のプールをねったりとおもたく満たし、からっぽになった血管や臓器には代わりに塩素のにおいが漂う水が注ぎこまれる。

濁った水を白い皮膚のしたにめぐらせながら、血の湖を泳ぐ少女たち。想像すると、微かに寒気がした。きっと、吐き気がするほど美しいのだろう。下腹を赤く濡らして微笑んでいた、あの日の叶子のように。

更衣室の簡易シャワーで髪を洗ってからジャージに着替え、市民プールを出た。なだらかな道の向こうに、ぼくの通う高校が見える。屋上のまるい給水塔が白っぽく濡れたようにひかっていた。学校は、昔から好きじゃない。美しくないからだ。傷だらけの机も、男子の笑い声も、泥のついた体操服も、何もかもが薄汚れている。

あの教室のなかで唯一きれいだと思えたのは、叶子だった。おそらく彼女は覚えていないだろうけれど、ぼくが初めて叶子の声を聴いた場所は図書館だった。きっかけは確か、くじ引きで一緒にクラスの図書委員になったことだった。

学校の図書館はしずかで明るい。昔、翡翠が持っていたスノードームに似ている。とろんとした空気と、ひかりのなかをきらきらと舞う埃(ほこり)、そして書架に収められた何千冊もの本。

「ほんとは本より映画の方が好きなんだけどね」

割り当てられた日の放課後、図書館の掃除をしながら喋る叶子の横顔を思い出す。彼女はぼくの顔も見ないまま、ただ暇つぶしのためだけに、ひとりごとに近いお喋りをつづけた。

「でも、この学校の図書館、ちょっと変わってて好き」

ぼくが本棚の天板を拭いているあいだ、叶子はカウンターに置かれている金魚の水槽を掃除することになった。建物の裏にある水道を使うため、いったん図書館を出て行く。ぼくは掃除の手を止めて、窓の外を眺めた。山吹色のカーテンの隙間から、水道のそばにしゃがみこんでいる叶子の姿が見えた。

春の夕暮れの陽射しに、飛び散った水粒が反射してかがやいている。腕まくりをした叶子は、水槽を丁寧に洗ってゆく。

ふいに叶子は作業を止めた。そばの一回り小さな水槽に手をつっこみ、なかから何か赤いものをとりだす。金魚だった。叶子の手のひらにのった魚はすぐに落ち、ふたたびすくいあげられる。

　木製の窓枠にふちどられたその光景は、まるで無声映画のようだった。空気は光の粒子に浸されたように白く淡く、ゆるゆるとほとびている。

　横顔を隠すように落ちかかった長い髪のせいで、表情が見えない。明滅する朱いひかり。彼女は、遊んでいた。こぼしては、またひろう。まっ赤な命のかたまり。ゆれる陽炎（かげろう）。叶子が顔をあげる。視線がぶつかる。目を逸らせない。落下する魚。そして、叶子は、にっこりと笑った。こどものように。

　あの瞬間、ぼくは叶子に恋をした。窓枠にはめこまれた、一枚の絵に恋をした。彼女は、翡翠のようにとくべつに整った顔などしていないし、不思議な雰囲気をまとっているわけでもない。どこにでもいそうな、ふつうの女の子だ。それでもあのとき、ぼくは心から叶子をうつくしいと思った。きっと、空気のせいだ。柔らかい棘のような空気。無邪気な残酷性。

　掃除を終えて帰ってきた叶子と別れてからも、ずっと彼女のことを考えつづけていた。そのうち教室にいても叶子の姿を目で追いかけるようになり、さらに惹（ひ）かれていった。赤くぽってりとしたくちびるの感触や、金魚を握っていた手のひらの温度を想像しては熱を吐き出した。

　叶子が告白を受け入れてくれたときは、ほんとうに嬉しかった。ピアスをあけたときのことも鮮明に覚えている。針が皮膚をつらぬいたとき、ぷつ、と微かな音が聞こえたことも。あのときぼくは、叶子の一部を破壊した。たった数ミリでも、彼女のからだに穴をあけたのだ。ぼくの、この手で。あけたばかりの傷口から、アカネの瞳のようなぷっくりとした赤い粒が零(こぼ)れた瞬間、わずかな後悔と罪悪感、それからとてつもない快感が、爆発的な速度で押し寄せてきた。

　安全ピンをもったまま、ぽとぽとと落下してゆく血にみとれながら、叶子の白い肌には赤がよく映えるな、とぼんやり思った。

　最後の夕暮れも、彼女はあかい水を流していた。ピアスをあけたときとは比べものにならないほどの量の血液を。

　思い出すたびに吐き気がする。大量の赤色を流している叶子の瞳には、すさまじい狂気の渦が潜んでいた。けれどぼくは心のどこかで、あの光景を美しいと思ってしまった。叶子にしか表現できない、壮絶な景色。ぼくは翡翠の部屋におさめられたたくさんの品を眺めるのと同じ目で、血を流しながら性交を試みる叶子を観察していた。

　ぼくは長く細く息を吐き出し、思考を振り払う。すべては、終わったことだった。

　途中、駅前のレンタルショップに寄って気に入りのバンドの新譜を借り、さらにコンビニでカロリーゼロのコーラとチョコレートバーのお菓子を買った。帰宅すると居間で翡翠と琥珀が昼寝をしていた。ふたりに毛布をかけてから自室に向かい、ジャージを脱いで部屋着に着替える。パソコンの電源をつけて借りてきたばかりのＣＤを挿入し、コピーをしているあいだコーラを飲んでお菓子を食べた。

　ふと本棚の横に置いた冷凍庫が目について、手をのばした。ポリ袋のなかみを確認し、そろそろ補充しなければ、とぼんやり思った。凍ったちいさな獣が詰まった袋。飼育のためのすべての用品は自室に置くことが、アカネを買ったときに母と交わした約束だった。あれからもう半年以上経つ。真夜中に床を通して伝わってくる冷凍庫の振動も、マウスの解凍も、とうに慣れた。

蛇を飼いたいと言ったとき、賛成してくれたのは翡翠だけだった。「家にいつも蛇がいると思うだけで寒気がする」と言う母をぼくと一緒に説得してくれ、さらに水槽やヒーターなどの用具まで買ってくれた。

「裕輔がとても羨ましいわ。わたしも、蛇、飼いたかったから。大切にしてあげてね」

まだほんのちっぽけだったアカネをてのひらにのせて、翡翠は笑って言った。その言葉を、ぼくはずっと守りつづけている。

そういえば叶子もアカネが平気だった。紅い双眸（そうぼう）に見つめられながら、ぼくたちはこの部屋で性交した。

叶子は、まるでひとつの道具のようだった。背骨は弓のようにしなやかに反り、肌は使いこんだ革のようにぼくの手になじんだ。硬い骨を仕込んだ肉のうえにすべらかな皮膚が張っている、白い、肉の、道具だった。

叶子の部屋にも何度か行った。まだ付き合ってまもない頃、ぼくたちはよく学校を抜け出して叶子の家に向かった。彼女は自室に入ると鞄を床に落とし、自販機で買ったサイダーの蓋をあけた。なまなましくうごく喉を眺めながら、その内側を透明な炭酸水が伝ってゆくところを想像する。中身が半分になったペットボトルを机に置いてから、叶子はゆっくりと服を脱いだ。窓硝子から透けて射しこむ初夏の淡い陽射しが彼女の肌をすべり落ちてゆく。窓の外で揺れる木の葉が影になり、部屋のあちこちにこまやかなレース模様をつくる。

しろいひかりのなかでぼくたちはまざりあった。くちびるの隙間から吐息に混じって漏れる声は宙にやわらかく溶ける。ゆるゆるとたち昇るあまい香りをおもいきり吸いこみながら、肩にくちづける。

叶子を抱いているとき、ぼくは彼女が白い箱になってゆくように感じる。すべすべの、ちいさな箱。ぼくは時間をかけて丁寧に彼女をあける。布でできた包装紙を破り、膚に指をすべらせてすこしずつからだのあちこちを展(ひら)き、つまびらかにしてゆく。汗粒が顎(あご)を伝う。水音が弾ける。たがいの吐息が甘くひびきあう音を聞きながら、ぼくたちは無言のいとなみをつづけた。

すべての曲をコピーし終わったパソコンが、スピーカーから音楽を流し始める。柔らかいピアノの音と、加工を施された人工的な歌声。かろやかな電子音が浮遊する宙に向かって、叶子、と呼びかけた。

あの夕暮れに叶子を拒絶してしまったことをぼくが悔いているのと同じように、彼女もきっと後悔しているだろう。だけど、ぼくたちが出会わない方が良かっただなんて思わないでほしい。そんなことは決してない。互いに充たされ、しあわせだったときだって、確かにあったのだから。

声にならない呟きは湿り気を帯びて沈み、部屋の底にいつまでもわだかまっていた。

十二月下旬のある日、アカネが逃げた。

昼間は水槽の底でまどろんでいたのに、夕方にふと覗くと姿がなくなっていた。水槽の上の金網がいつのまにか少し浮いている。おそらくその隙間から逃げ出したのだろう。もうガムテープでずっと留めておこうかな、と考えながら急いで階下に降りる。居間では翡翠と琥珀がソファに坐ってアニメ番組を見ていた。

「翡翠、母さんは?」

「さっき夕飯の買い物に出かけたわ」

「蛇が逃げた」

翡翠はおどろいたようにぼくを見て、それから笑い出した。

「蛇だって、逃げ出したくなるときがあるのね」

「探すの手伝って、頼むから。母さんにばれたら、今度こそ水槽ごと家から放り出される」

仕方ないなあ、と翡翠はソファから大儀そうに立ち上がり、玄関へつづく廊下へ琥珀と一緒に歩いて行った。ぼくはふたたび二階に上がり、自室を隈なく調べた。

アカネが脱走するたびに、ぼくは不思議に思う。いつも清潔で、新鮮な餌もあり、温度も心地よくととのえられた水槽から逃げ出す理由など、どこにあるのだろう。飼われている方が、外に出ない方が、何も知らない方が、幸福だということに、どうして気付けないのだろう。

結局、アカネを見つけたのは翡翠だった。

「裕輔、庭！　裏庭に来て。いたから、蛇」

台所を捜索していたぼくは、急いで裏庭へ向かった。冬の薄暮、すでに陽は沈みきり、辺りは淡い鈍色に染まっている。音とひかりはすべて死んでいた。しんしんと深まる夜気のなか、翡翠の白い肌が、古木のほの暗い洞で息づく胞子群のようにひっそりと燐光を発している。

「ほら、ここ」

翡翠に手招きされ、茂みの陰にしゃがみこむ。彼女が手でひっぱると、蛇の胴がぬるりと白く這いずりでてきた。

闇に浮かぶ蛇の紅い眼を、翡翠は凝視していた。ふいに振り返り、ぼくを正面から見つめて言う。

「へびにはあながひとつしかないのよ」

え、と間抜けな返事をすると、彼女は無表情でもういちど、「へびにはあながひとつしかないのよ」と繰り返した。

「たったひとつの穴だけで、交尾も産卵も排泄もおこなうの。このあいだ爬虫類館に行ったとき、看板にそう書いてあったわ」

「そういえばこの子は雄なの?」と訊かれて、ぼくは「さあ」と首をひねった。蛇の雌雄判定には専用の器具を必要とするが、もちろん使ったことはない。けれどたぶん、アカネは雌だと思う。何の根拠もないけれど、あの夕焼けの臙脂色をそのまま閉じこめたような瞳を見ていると、なんとなくそんな気がしてくるのだ。

アカネを水槽に戻した直後、母が帰宅した。家の中は一気に慌ただしくなる。階下に降りてリビングに入ると、母は「おかえりくらい言えないの?」とぼくを睨んだ。蛇のことはばれていないとわかって、ほっとする。

「ずいぶんたくさん買い物をしてきたのね」

台所のテーブルに置かれた大量の買い物袋を見て、翡翠が言った。

「だってあんた、明日修二さんが来るって言ってたじゃないの。それにクリスマスイブだし、頑張ってごちそうつくろうと思って」

パパあした来るの、と琥珀が嬉しそうな声をあげる。笑い声をまじえて話し始めた翡翠たちを横目に、ぼくはひっそりと階段をのぼって自室に戻った。

修二さんと会うのも久しぶりだ。高校を卒業してすぐ働きだした翡翠の、職場の上司だった人。付き合って一年で結婚を決め、翡翠は仕事を辞めた。それからすぐに琥珀を妊娠していることがわかり、今は三人で隣町のマンションで暮らしている。

修二さんはどんな覚悟で彼女をえらんだのだろう、とときどき思う。彼は翡翠の名前の由来を知っているのだろうか。

「お姉ちゃんは宝石からできてるのよ」

母が翡翠に語って聞かせていた物語を、ぼくは彼女から直接聞いた。昔、母が翡翠を妊娠していたとき、お菓子と勘違いしてほんのちいさな宝石の翡翠を飲み込んでしまったのだという。小皿に盛られた、ばらばらに砕け散ったネックレスの粒々。慌てて病院を受診したが特に異常は見受けられず、母自身にも何の症状もなかったためやがて忘れてしまった。生まれてきたこどもの名前を付けるときにその話を思い出した父は、「翡翠」と名づけようと提案した。母は縁起が悪いと嫌がったが、大学でフランス文学を専攻していたロマンチストの父は、無理やり名前をつけてしまった。きっと美しい娘になるぞ、と。

ぼくはその話を聞いて以来、母が石粒を嚥下するところをときどき想像する。乾いたくちびるの隙間に、一顆の翡翠がおちてゆく。ひとしずくのみどりは羊水に沈み、胎児の心臓に埋まった。こどもが生まれおちると同時に発芽した種は、その体内のいたるところに青白い茎葉をのばし、やがて少女の眼の奥に透きとおった花を咲かせた。

翡翠は、神さまみたいにきれいだった。とくに中学を卒業したての、十五歳のときの翡翠。あの頃の彼女は、ほんとうに美しかった。今とは質のちがうみずみずしいきらめきを纏い、ころころと鈴を転がすように笑う。

翡翠は高校の入学式の直前、それまで腰に届くほど伸ばしていた黒髪をばっさりと切り落とし、ベリーショートにした。整った顔や成熟しきれない身体もあいまって、彼女はどんどん中性的な存在へと近づいてゆくようだった。肩にも届かない短い髪。痩せた首。くっきりと浮き出た鎖骨。それらしい服装をさせれば、本物の少年に見えたことだろう。まだあどけない顔をした、しなやかないきもの。

男の子だけじゃなくて女の子からも告白されるようになったの、と面白そうに笑いながら、翡翠はぼくにうすいピンク色の便箋を見せてくれたことがある。まっ黒なインクで綿々と綴られた長い手紙は呪詛のようで、そのまるみを帯びた字の背後には壮絶な葛藤の跡が見えた。こんなものをもらってよく平気な顔でいられるな、とぼくは自分の姉を眺めた。彼女はふわふわと笑っている。何も考えていないような、曇りひとつない純粋な微笑み。翡翠のこういうところに皆は惹かれるのかもしれない、と思った。

ぼくはベランダにつづく窓をあけはなった。途端に、するどく尖ったような風が滑りこんできて、粉雪を部屋中に撒き散らす。冬の夜の澄んだ匂いを吸いこみながら目を閉じると、翡翠の声がよみがえってくる。

翡翠が琥珀を産んですぐ、ぼくたちはふたりきりの病室でぽつぽつと会話をした。窓からおだやかな初春の陽射しが射しこみ、白いシーツをまばゆく照らしていたのを覚えている。

「わたしはね、自分が心の底からきれいだと思えるものが欲しくてたまらなかったの。昔、わたしのことを神さまみたいだって言ってくれた男の人がいたんだけどね、わたしはその人のことが本当に羨ましかった。

わたしだって、神さまが欲しかった。すごくきれいで、いつ見ても素敵で、好きなだけ愛せるような。ずいぶん探し回ったけど、なかなか見つからなかった。でもやっと今、手に入れることができた気がする」

　少女はやがて女になる。こどもを産んだ瞬間、翡翠は中性的な雰囲気を失った。彼女は、神さまをやめたのだ。今でも翡翠は美しいけれど、十五歳の頃、まだ男でも女でもなかったときの、あの特別なきらめきはもう二度と元に戻らない。

　雲間から、霞を帯びたおぼろ月が現れた。白い衛星は、ひと晩かけて夜空に巨大な弧をえがく。月を見るたび、ぼくはなぜか女を連想する。特定の誰か、ではなく、女性という観念そのものを。

　高校生になったぼくは、入学祝のお金で蛇を買った。まっ白な、ちいさい蛇を。ヒスイ、と名づけようかと思ったけれど、やめた。翡翠はもういない。ぼくの神さまはもういないのだ。だからこそ、蛇を飼うことにしたのではないか。眺めているだけで幸福になれるような、美しい生きものを。目の前の水槽は、ぼくの世界の縮図だった。精巧なジオラマ。孤独の庭。月光が窓から射しこみ、水槽を照らした。蛇が枯葉のしたから音もなく這いあがってくる。鱗がぬらぬらと濡れたように青くひかる。

　いつだって、美しいものに身を捧げていたい。崇め称えると同時に支配したい。美は、宗教にも似ている。

　窓を閉めて、冷えた布団にもぐりこむ。浅いまどろみのなかで、短い幻想を見た。冬そのもののようなつめたさをもった白鱗が、ぼくの心臓にみっしりと巻きついて静かに絞めあげてくる。鱗の一枚一枚が逆立って尖り、心臓のぬめらかな皮膜(ひまく)に食いこむ。あちこちから血が滴ってくるけれど、鱗が赤く染まることはない。いつまでも純白のまま、うつくしいまま、容赦なくぼくを殺す。眠りに落ちる寸前、蛇の瞳を見た。一点の曇りも汚れもなく、どこまでもゆるぎなく透きとおった、翡翠色だった。

翌日のクリスマスイブ、修二さんが家にやってきた。今日の彼はグレイのニットの上に黒いトレンチコートを着てハイカットのブーツを履いていた。身長が百九十センチもある修二さんは、いつも完璧な着こなしでぼくたちの前に現れる。どうぞあがって、と言う母に修二さんは軽く頭を下げ、首を折り曲げるようにしてリビングへつづく扉をくぐった。

目が合った拍子にぼくが軽く会釈をすると、修二さんは困ったようにうすく微笑んでみせた。このひとはあまり喋らない。みんなで集まっても、いつも部屋の隅に所在なげにぽんやりと坐っている。巨木のような存在感を、柔らかな静けさで覆い隠すように。ときおり誰かと視線がぶつかると、遠慮がちに口元をゆるめてみせる。おそらく優しいひとなのだ、と思う。けれど何を考えているかよくわからない。ぼくは彼が苦手だった。

「パパ」

琥珀が腕をのばす。修二さんは大きな手のひらを琥珀の両脇に差しこんで、軽々と抱きあげた。

「食事にしましょう」

翡翠が歌うように言い、修二さんを食卓にみちびく。テーブルにはたくさんのごちそうが並んでいた。ポテトサラダ、ローストチキン、サーモンの生春巻き、かぼちゃのポタージュ、ロシアケーキ。母が一日かけてつくった料理たちは、黄色い光に照らされてどれもつやつやと光っている。

　両親とぼくを含めた六人はそれぞれの席につき、ナイフとフォークを手に取った。翡翠は修二さんの隣にひっそりと坐り、チキンをほおばる琥珀をいとおしそうに見つめている。これが彼女が欲しがっていた光景なのだな、とぼんやり思った。

　食事が終わると、ぼくはすぐに二階の自室に引き上げた。階下で響く楽しげな笑い声を聞きながら、冷凍庫をあけて袋を取り出し、タッパーに出してマウスを解凍する。アカネがマウスを丸呑みにするのを見ていると、何となく気分が良くなる。強い血に淘汰(とうた)されてゆく、はかない生命。皮膚に牙を突きたてられる瞬間の快楽を想像すると、ぞくりとする。純白の鱗で覆われた美そのもののような蛇に喰らわれる、被虐趣味にも似た悦び。

　おそらく、修二さんもこの感覚を知っている。美しいけれど役立たずな、宝石のような女を生涯の伴侶として望み、手に入れた男。翡翠のために、永遠にマウスを解凍しつづけることを誓ったひと。

　ふと、さっきまで見ていたリビングの光景を思い出す。琥珀は翡翠にそっくりだった。修二さんの血は一滴たりとも流れていないように見える。ふるい落とされた平凡な遺伝子と、引き継がれた美しい血。このまま、この血はいつまでも続いてゆくのだろうか。異形だ、とぼくは思う。ほとんど同じ顔をした、大人と子ども。

翡翠のような存在は、ただ美しいだけの個体は、血をつないではならなかったのかもしれない。琥珀はまだ子どもだが、成長するにつれてこの世界はどんどん生きづらいものになってゆくだろう。

翡翠が初めて世界から拒まれたのは、高校三年生のときだった。進学も就職もできないだろうと担任に言われるくらい、彼女の成績はひどかった。

真夏の午下(ひる)がり、翡翠は大人たちから逃げるように浴室にひきこもり、よく煙草を喫った。下着とレースのキャミソールをつけただけのからだで、水をうすく溜めたバスタブにつまさきを浸して。ちいさな背中を猫のようにまるめ、長い指で煙草を挟み、ときどき思い出したようにくちにしてはタイルの床に灰を落とす。

「いいの。大学なんて行けなくても、だれかお金持ちの男の人に飼ってもらうから」

ぼくは洗面所と浴室の狭間の段に腰かけて、翡翠に買ってもらったアイスを食べていた。浴室にうすぼんやりとわだかまる烟(けむり)と、バニラの甘く濃いにおいが融けあって、舌がぴりぴりと痺れた。

「きれいな服とか、人形とか、お菓子とか、そういうものをたくさん買ってもらって、ちいさな部屋で生きるの」

楽に生きたいのよ、と翡翠は言った。

「何もしたくない。何もできないから、何も楽しくない。ねえ、だれか飼ってくれないかなあ。わたしのこと」

くちびるから、烟がこぼれだす。水中に垂らしたインクのように、柔らかく拡がってゆく。翡翠は首をかたむけて天井を見あげ、そのまま瞼を閉じた。なだらかな喉の曲線。そのまま、息を吐く。涙は流れていなかったけれど、泣いているように見えた。或いは、祈っているように。

「翡翠」

名前を呼ぶと、彼女が振り向く。つづきを言おうとして口をあけると、白い手が伸びてきてぼくのくちびるをふさいだ。そのまま頬に触れられ、おもわず身を硬くする。

「アイスついてる」

翡翠はちいさく微笑んでから煙草を消し、ふいに立ち上がって出て行った。残されたぼくはアイスの木の棒を噛みながら、あおむけに倒れた。棚にならべられたいろとりどりのボトルたちが目に入る。浴室は石鹸の清潔な香りと烟の不健全な匂いでみたされていて、高い小さな窓からは午後の白いひかりが降っていた。

あれから、どこかで間違えてしまったのだ。翡翠はそのあと父の知り合いの伝手(って)を頼って事務の仕事に就いた。だれに飼われることもなく、いつしかその他大勢に紛れて平凡な人生を送っている。結婚してからは、不器用な手つきで家事をこなしつつ、必死にこどもを育てている。

なりそこないの神さまは、ようやく自分だけの信仰を見つけ出したのだ。

――うんと美しくなってほしい。わたしより、もっと、ずっと。美しくて、賢い子になってほしい。

琥珀。長い年月をかけて、ゆっくりと育ってゆく飴いろの宝石。母親の血を受け継いだ彼がこれからどんな風に育つかはわからないけれど、自分のこどもに宝石の名前をつけなくてもいいような人生を送ってほしい、とぼくは思う。

クリスマスから数日経つと大晦日になり、年はあっけなく明けた。そのあくる日、ぼくと翡翠はふたりきりで留守番することになった。両親は例年のごとく初詣に出かけていたし、修二さんは琥珀を連れて水族館へ遊びに行っていた。

「どうしてママはいかないの？」

出かけ際、車に乗せられた琥珀が寂しそうに訊いた。翡翠は困ったように笑って「風邪気味なのよ」と説明したが、たぶん嘘だ。混雑が嫌いな彼女らしいな、とぼくは思った。

翡翠は琥珀の前髪をかきあげ、ひたいにくちづけて言った。

「たまにはパパとふたりで行っておいで」

車が曲がり角に消えるまで見送ってから、ぼくたちは遅めの朝食を摂(と)った。

台所は静かだった。食器とスプーンがぶつかる音だけがかちゃかちゃとひびいている。皿に盛ったシリアルにミルクをたっぷりとそそぎながら翡翠が唐突に言った。

「裕輔は、どうして母さんたちについていかなかったの？」

「騒がしいところは苦手だから。あと、課題もしないといけないし」

そう、と翡翠は頷き、フォークで目玉焼きをつぶす。しばらくの沈黙のあと、思いついたようにまた口をひらいた。

「ねえ、あとでわたしの部屋に来て」

「和室？」

「ちがう。子どものとき使ってた方」

いいものをあげるから、と彼女は微笑み、それからは静かに食事をつづけた。

先に食べ終わった翡翠は、さっさと二階へあがってしまった。ぼくは時間をかけて食事をしてから、ふたり分の皿を洗った。翡翠とふたりきりで過ごすなんて、いつ以来だろう。

階段を一段一段、丁寧にのぼってゆく。二階の廊下、ふたつ並んだ扉。息を吸い、ちいさくノックすると声が返ってきた。

「どうぞ」

じぶんの姉の部屋に入るだけでどうしてこんなに緊張しなければならないのだろうか、と思いながら、それでも手のひらに汗が滲むのを感じた。ゆっくりドアをあける。

まず最初に目に入ったのは、白い影だった。うすくらやみに目が慣れてようやく、レースのキャミソールを着た翡翠だとわかった。さっきはパーカーを着重ねていたせいで気付かなかったのだ。真昼でも薄暗い部屋は、暖房が効きすぎているせいか異常に蒸し暑かった。窓の外では雪がちらちらと舞っている。ベッドにこしかけた翡翠はぼくを手招きした。

「ほら、これ見て」

サイドテーブルのうえに置かれた白い小皿には、たくさんの赤い粒が盛られている。とっさに、眼だ、と思った。蛇の眼窩から、ぽろぽろとあふれだしてくる眼球。

「おいしいよ。柘榴」

指で一粒つまみ、ぼくのくちもとにちかづける。仕方なく唇をあけると、粒が口腔に転びこんできた。甘酸っぱい、とろけるような果実のあまみが舌の上で溶ける。

翡翠は手で粒をすくって、獣のようにむさぼっている。口元はべたべたに汚れ、キャミソールの上にも何粒か落ちて朱く潰れていた。

「ときどきね、修二に果物を買ってもらうの。インターネットで取り寄せてもらって」

渇くのよ、と翡翠は言った。喉が渇いて、仕方がないの。

ぼたぼた、とまた粒が服の布地に滲む。路地に凋落した紅椿のような、あまい腐臭が香る。

「そういえば裕輔、こいびとができたんだって?」

あまったるい声が、ふうわりと鼓膜を打つ。いったいだれから聞いたのだろう。ぼくは奥歯で粒をかみ砕きながら答える。

「夏に別れたよ」

「どんな子だったの」

快楽としての痛みのために首絞めや経血セックスを望む子だった、とは言えなかった。沈黙に居心地を悪くしたのか、翡翠が喋りだす。

「でもね、恋をするっていいことよ。たぶん。わたしは修二さんとしか付き合ったことがないからわからないけど、すごく楽しかったもの」

琥珀の名前をつけるときの話ってしたかしら、と訊かれ、ぼくは首を横に振った。

「修二さんは、ほんとうに優しいの。こどもに琥珀という名前をつけたいとわたしが言ったときも、かんたんに頷いてくれた。翡翠の好きにしていいよ、って。なんでも君の好きなようにしてくれていいから、って」

朴訥(ぼくとつ)とした彼の、満足げな瞳を思い出す。じぶんのてのひらのなかで眩(まばゆ)くかがやく星をながめるようなまなざし。恋人と結婚した、というより、宝石を買った、という方が正しい気がする。いつかこわれる、呼吸する宝石。

ぼくはずっと、修二さんが羨ましかった。ぼくだって、ほしかったのだ。傍で微笑んでくれる、きれいな生きものがほしかった。おんなのひとが、ほしかった。

無心で柘榴を食べている翡翠を眺める。口のまわりと顎、頬にも血痕のような赤い実の残骸がこびりついていた。あの日の叶子の姿と、かさなる。

ぼくの姉。母が食べた石粒の種子から発芽し、咲きこぼれた、一輪のたおやかな花。彼女は宝石からうまれ、果実をたべた。悠久の時間を光に換えてかがやく宝石の美しさと、命そのものが溶けたような、紅い果実のうつくしさ。翡翠のかんばせと、叶子の血。

紙一重の美醜の線をかいくぐり、美の頂点を奔(はし)りぬけるふたつの女の影が、今ゆっくりと融けあう。二人の足元に、白い鱗の巨体がからみつく。

女、女、雌、女。せかいはおんなであふれている。

幼い頃、男も女もみな女から産まれてくるということが不思議でならなかった。しとやかな面立ちの下に、すさみ狂う黒い獣を飼っている。無機質めいた美しさをその陶器のような肌に宿す一方で、月ごとに卵をふくんだ赤い水を流す生々しさ。

ぼくには理解できない。女という生きものの仕組みが、湿り気を帯びた狂気の根源が、じぶんの子供を産むという感覚が、そしてそのすべてを孕(はら)んでなお、柔らかくて細くて華奢(きゃしゃ)な骨格が、理解できない。生きるためだけにつくられたはずの器官が、どうしてこんなにも美しいのだろうか。

口の周りを果肉の血でべったりと濡らした翡翠が、ぼくの視線に気づいて艶冶(えんや)にわらう。真っ赤なゆびさきを見て、ぼくは叶子のことを思った。ぼくが手に入れられなかった、きれいな顔で笑う女の子。

翡翠のゆびさきが、あかい粒をぷちぷちとつぶしてゆく。まるい膜がやぶられるたび、漿(しょう)液(えき)が飛び出してきて雪肌を汚す。何がうつくしくて何がきたないのか、ぼくにはもうわからない。赤く侵食されてゆく肌は、けれど決して染まりきらず、純白を保ちつづけている。すべてよごれてしまえばいいのに、と思った。ぜんぶ血にまみれればいい。なにもかも美しくなればいい。

「翡翠」

かすれる声で名前を呼んだ。なあに、と彼女がふりむく。ぼくはベッドにのせた手に体重をかけて、顔をそっと翡翠に寄せた。吐息が鼻にかかる。

「……裕輔？」

きょとんとした顔で、翡翠はぼくを見た。血に濡れた花びらのようなくちびるが上下に裂かれる。ぼくは目を瞑り、顔をさらに近づける。鼻先がこすれ合いそうな距離。互いの息が匂う。熟しきったくだものの、濃やかなにおい。どうにでもなれ、と頭の隅で思う。息が荒くなる。

そのとき、頭のどこか一点で、強烈な血の臭いが炸裂した。猛烈な吐き気がこみあげてきて、おもわず身を引く。

咳きこみながら、手のひらが汗でびっしょりと濡れていることに気づいた。翡翠が不思議そうにぼくを見ている。口からぽろりと言葉がこぼれた。

「ごめん」

喉の奥がじゅわりと熱くなって、微かに涙の味がした。まただ。叶子のときと、同じだ。ぼくはまた、境をこえられなかった。

「裕輔」

姉の手が、ぼくの髪をなでる。

「どうしたの？　なにか嫌なことがあったの？」

見当違いの優しさに、涙が止まらなくなった。翡翠は困ったようにぼくの髪をくしゃくしゃとなで続ける。寸前で動作を止めることができて、ほんとうに良かった。心から安堵すると同時に、あまやかな狂気を前にして怖気づいてしまった自分が情けなかった。

夏の日の夕暮れのときもそうだった。彼女に言われるがまま、親指に力を入れる。爪先が反り返る。直前で、ぼくはひるんだ。やっぱり無理だ。ぼくには何もできない。いくら狂気の真似事をしてみたって実際には、好きな女の子の首を絞めることも、血のつながった姉にくちづけることもできない。できるはずが、ないのだ。

いつだって、彼女たちの世界に憧れていた。けれど、ぼくがその地に足を踏み入れることは、決してない。これ以上進んではいけない、この一線だけは越えてはならないと、理性が叫ぶのだ。

ぼくは、彼女たちのいるところには辿りつけない。彼女たちを手に入れることはできない。どんなに手を伸ばしても、女たちは、うつくしいものたちは、かるがるとぼくを越えて遠くにいってしまう。

そっと手をのばし、翡翠の顔に触れる。乾きはじめた果汁を拭いとってやると、白い肌が再びあらわれた。永久に踏み荒らすことのできない、雪原。果肉の赤色などに、この美は汚せない。ぼくの唇でさえも。


あくる朝早く、修二さんと翡翠と琥珀は、帰って行った。三人の家に。ぼんやりと見送りながら、次に会えるのはいつだろう、と思った。

冬休みが終わって、学校がはじまった。ぬるま湯のような温度の教室に、クラスメイトたちの声が反響する。

すこしずつ、なにもかもが元通りになってゆくようだった。ぼくは目を瞑り、流れに身を任せる。登校し、授業を受け、数人の友だちと弁当を食べ、くだらない会話で馬鹿みたいに盛り上がる。笑っているあいだは、あたまがからっぽになるから楽だった。決まりきった時間割はぼくを安心させる。放課後はまだプールに通っているけれど、いずれまたどこかの部活動に参加したいと思う。

ほころびかけていた感覚は、やがて完璧な均衡を取り戻した。ずれていた世界の軸が、ふたたびぴったりとおさまったような。重たい心を持て余して図書館に通い詰めていた二学期の頃から、何かが変わった。これからも日常はつづいてゆくだろう。それでいい。何も変わらなくていい。つまらなくとも、平凡でも、これがぼくの人生なのだ。平らかな、ぼくの道なのだ。

ある二月の午後だった。雪はすでに溶け、道端にうすぐろく溜まっていた。空からは大きな雪片が降ってきている。今冬最後の雪かもしれない、と思いながら、ぼくは帰り道を急いでいた。おそらく今日、アカネが脱皮する。久しぶりの脱皮だ。ほそながい透明の殻はきっと、陽に透けて美しいだろう。

前庭を抜けて校門をめざす。アカネのことを考えていたせいで、図書館の方角から歩いてくる女子の群れには全く注意を払っていなかった。何気なく顔をあげると、列の最後尾をあるく一人の女の子と視線がぶつかった。叶子だった。

彼女はぼくを見ながら、ゆっくりとまばたきをした。優しい獣のように、円（つぶ）らな瞳だった。うすくあいた唇から白い息がこぼれる。けれど何も言うことはなく、ふたたび前に向き直り、それきりだった。

　ぼくはしばらくその場に立ち尽くした。いくつもの記憶が鮮やかによみがえってきて、頭の中を一瞬で埋め尽くす。あの日、図書館の窓から見た彼女の横顔。風になびく黒髪。ほっそりした首筋。

　咄嗟（とっさ）に振り返ると、乳白色のひかりが彼女の背中を溶かしてゆくところだった。

　途方もなく残酷で、時におぞましいほど官能的な、だけどありふれた女の子だった。神さまなんてどこにもいない。叶子も、翡翠も、みんなそれぞれの悩みや苦しみを背負いながら生きている人間だ。ぼくだって本当はそんなこと、とっくにわかっていた。

　苦しいのとおなじくらい満ちたりていたあの夏のことを、ぼくは忘れつつある。細部から、すこしずつ。時間は記憶を研磨し、すり減らしてゆく。だからせめて今だけは、想っていてもいいだろうか。もう二度ともどらない夏の日を。翡翠と過ごした子ども時代を。彼女たちの、なにもかもを。

　まっすぐ伸びている白い道に、女子生徒たちの足跡が点々とのこっている。蛇行しながらどこまでもつづくその足跡を、粉雪が蔽い尽くしてゆくのを眺めながら、ぼくはぼくの神さまたちに別れを告げた。

崩れる春

冬の日に降った白い雨のことを覚えている。

うすずみいろの空から落ちてきた、無数の白いかけらたち。雪のように融けず、花びらのようにやわらかくもない。ただ音もなく、しんしんと降り積む。

肩に落ちた一枚を手にとる。こまかくちぎりとられた、ルーズリーフの欠片（かけら）。ほんのちいさな紙きれに書かれた文字を見てわたしは息をのみ、もういちど空をみあげた。いつのまにか周りにはたくさんの人だかりができている。みな紙を見ている。わたしを見ている。

気がつくと、目から涙が流れていた。しずくは足元に積もった紙に落ち、淡く湿らせる。この世界に、こんなにもうつくしくて残酷な光景があることを知らなかった。力が抜けて地面に坐（すわ）りこんだわたしのうえにも、薄片は積もる。

あの日、わたしの呼吸はとまった。

わたしの精神は今も死んでいる。死につづけている。

朝、起床した直後に鏡を見るのが毎日の習慣だった。卵形の輪郭、粉っぽい頰、まばらなまつげ、すこしいびつな鼻すじ、よどんだ両眼、はれぼったい唇。削ぎおとしたい、と眠気のわだかまっている頭でぼんやりと思う。顔面の皮膚をうすく剝ぎとって、赤い肉の断面を晒(さら)しだしたい。そうすればみんな、わたしがだれだかわからなくなる。

引っ越してきてからもう一年が経つのにいまだ木材の湿った匂いがたちこめるリビングで、白飯と冷めた味噌汁と、昨夜の残りの鮭の塩焼きを食べた。母はとっくに仕事に出かけている。歯を磨き、顔を洗い、セーラー服を丁寧に身に着け、靴下を履いた。最後に、熱したヘアアイロンで前髪を焼いてのばし、視界をできるかぎり覆う。

マンションをでると、四月の朝のよどんだ風が顔に吹きつけた。空気は花粉をふくんで、ざらざらしている。灰いろのカーディガンに指先まで埋めたまま、前髪とマスクの隙間からあたりを見わたした。鈍く曇った春の空に河の両岸にならんだ桜がにじみ、川面には点々としろい花弁が浮いている。

最寄の駅まで自転車を漕ぎ、二十分間電車に揺られて学校のある町の駅についた。駅前のロータリーに、いつもの赤いバスが停まっている。定期券を提示して乗りこむと、車内にはセーラー服をまとった人形のような少女たちがびっしりと坐っていた。わたしが入っていったとたんに話をやめて、一斉にこちらを見た。前から二番目のいつもの席にクラスメイトの宮下夕紀(ゆうき)さんを見つけて、すこし、安堵する。

「おはよう」

声をかけると、彼女はちらりとわたしを見て「おはよう」と答えた。

わたしは宮下さんの斜め後ろの席に腰をおろした。バスが走りだすと同時に、窓の外の景色に見入る。桜のはなびらが、窓の下の方にびっしりと白くこびりついていた。次から次へと風にのってやってきては、ひたりと貼りつく。わたしは窓枠に頬杖をつき、硝子(ガラス)の内側から花吹雪を眺めた。いま窓をあけたら、きっと、ものすごい勢いで車内に花弁の渦が吹き込んでくるのだろう。はなびらは嵐のように舞い散りながら、バスにつめこまれた少女たちの髪を、制服を、肌を、甘くかきまわす。

停留所でバスを降り、学校まで続く道を歩く。校門をくぐるのと、始業のチャイムが鳴るのと、ほとんど同時だった。濁(にご)った大気に拡散されてゆく鐘の音は、水中で聴く音楽のようにくぐもっている。

駆(か)けてゆく生徒たちを横目に、わたしはひんやりと薄暗いピロティを横切る。古い校舎。縦と横。四角い教室。いくつも重ねられたスクエアな空間。石造りのまなびやに封じこめられた、何百人ものガラスのようなこどもたち。

リノリウムの廊下をひたひたと歩き、二年三組の教室に入る。先生が遅れているのか、教室はまだぬるいざわめきに充たされていた。おはよう、と何人かの友だちから声がかかる。全員セミロングの黒髪で、薄くメイクをしている。個々のパーツは違うものの、同じような髪型と同じような顔をして、測ったようにそっくりな笑い方をする彼女たちは奇妙な合成写真のようで、気味が悪かった。挨拶を返して自分の席に荷物をおろした瞬間、また教室のドアがあいた。

入ってきたのは、宮下さんだった。ざわめきが止み、空気の質が変わる。さらさらと透きとおった清流が、またたく間に氷結してゆくようだった。うすあおい氷の層の狭間を、宮下さんは自分の席に向かって平然と歩いてゆく。

変わってるよね宮下さんって、というつぶやきがわたしの鼓膜を打つ。いつもひとりでさ ー、変な本ばっかり読んで、さざめきは次第におおきくなり、教室中を席巻する。沈黙の氷層が融け崩れ、声が大波のようになって宮下さんに襲いかかろうとしたその時、すまんすまん、と間の抜けた声とともに担任が入ってきた。津波は凝固し、やがてはらはらと剝がれ落ちる。教室はいつもの気怠さをとりもどし、生徒たちは耳打ちをやめて担任が淡々と告げてゆく連絡事項をぼんやりと聞く。

わたしは斜め前に坐る宮下さんを見ていた。痩せた首筋。うすい肩。小柄な彼女は今にも壊れてしまいそうなほど脆く見えるのに、そのまなざしは驚くほど力強い。瞳はすこしも澱まず、どこまでも澄んでいる。

強い人だ。強く、美しい。彼女の体の中には、一本の芯が心臓を貫いてまっすぐ通っているのだろう。思考や価値観や記憶から成る、決してぶれることのない、太い芯。彼女は、彼女の世界のルールに従って生きている。だから歩き方も、坐っているときの姿勢も、他人に対する態度も、なにもかもが凜然としているのだ。

黒々と濡れた二粒の硝子体は、いったいどんな世界を映しているのだろう。きっと彼女は、教室などどみていない。もっと遠い、青い場所。わたしはそこを知ってる。彼女の憂いの生まれた場所を、わたしだけが知っているのだ。

「一時間目は体育だよ、更衣室行かないと」

ふいに声をかけられて、わたしは肩をびくっと震わせた。いつも一緒に行動している友だちが、不思議そうにわたしを見ている。

「行かないの？」

行く行く、とわたしは慌てて言い、体操服の入ったビニールバッグを引っ摑んで席を立った。栞ちゃん焦りすぎ、と笑われ、心臓がずくりと疼く。

教室を出る直前、ふりかえると宮下さんが席を立つところだった。窓から射す光線が、彼女の髪や制服や肌を淡く照らしている。わたしの視線に気づいた友だちも彼女に目をやり、けれどすぐに逸らす。

「はやく行こう」

うん、とわたしは頷き、足を進める。ぽっかりと明るい教室に一人取り残された宮下さんを、見ないようにして。


着替えを終えて外に出ると、なまぬるい風が頬を撫でた。荒野のようなグラウンドに鉛いろの風が吹きすさび、砂煙を舞いあげている。校庭のぐるりに植えられた桜は、満開だった。枝はつよい風に激しく揺さぶられ、ばらばらと狂ったように花びらを落としている。

準備体操を終えると、生徒たちはざわめきながらいびつな列をつくりはじめた。突然ひびいた鈍い銃声で、長距離走の体力測定が始まったことを知る。クラスメイトに手招きされて列に入り、砂の上に腰をおろした。

　しなやかな若い鹿のような男の子たちが、次々と弾けるように飛び出してゆく。引き締まった脚の筋肉がのびやかに躍動し、砂を踏みしめて駆ける。その後ろ姿を眺めながら、健全だ、と思った。あんな風に走れたらきっと、気持ちいいだろう。全力で走って、たくさんごはんを食べて、部活で汗を流して、友だちと大きな声で笑いあって。男の子たちはいつだって、眩(まぶ)しいくらいすこやかだ。

　つづけて女子が走り出す。友だちとふざけあいながらゆるく走る子もいれば、全力で駆けてゆく陸上部の女の子もいる。運動が得意ではないわたしは、最後尾のグループに混ざって走った。早く終わんないかな、と愚痴る子に笑い返しながら、視線だけは桜並木に向けていた。どしゃ降りの桜吹雪。こまかい花片(はなびら)が地面に白く溜まり、さらにうずたかくつもってゆく。花びらが萼(がく)からちぎれる、微かな音。指先につままれた紙切れが宙に放たれるときの、音のない音。わたしのなかで降りつづいている白い雨が、桜吹雪に呼応するようにより勢いを増す。

　そのとき、わたしの隣をひとりの女の子が駆け抜けていった。宮下さんだった。荒い呼吸音をひびかせ、頬を赤く上気させながら、まっすぐ前を見据えて走っている。通り過ぎてゆく一瞬、汗の匂いがした。日向のような匂いだった。

　まっしろのふくらはぎが、次第に遠ざかってゆく。ひとつ結びにした髪が、背中で揺れていた。

「なんであんなに必死なの。馬鹿じゃん」

嘲るように吐き出された誰かの一言をぼんやりと聞きながら、わたしは彼女の後ろ姿を眺めていた。通り過ぎる時に聴いた、あの獣のような息遣いだけが、いつまでも耳にこびりついていた。


宮下さんは変わっている。

昼休み、ひとりで食事をする彼女を盗み見しながら、わたしは思う。友だちを全くつくろうとせず、いつも一人で行動している。休み時間にはよく本を読んでいるけれど、真面目というわけではないらしく、遅刻も多い上にときどき授業をさぼる。進級したばかりの四月、まだクラスの人間関係もかたまりきっていないこの微妙な時期に、宮下さんの行動はとても目立った。彼女は異質なのだとみんなは目配せし合い、こっそりと陰口を叩く人もいた。

背中をまるめて読書に没頭している彼女の横顔を眺める。孤独だけれど、いつでも逃げ込むことのできる自分の世界を持っている宮下さん。同情とも憧れともつかない感情がふつふつと心臓を灼く。

「琹ちゃん、明日の放課後って空いてる?」

ふいに友だちに話しかけられて、肩が跳ねた。焦りを気づかれないように笑顔をつくり、「空いてるよ」と返す。

「じゃあ、みんなでどっか遊びに行かない？」
駅前のファミレスでいま苺フェアやってるらしいよー、と彼女は微笑む。面倒だ、と思ったけれど、もちろん口にはしない。お金も時間ももったいない。本当なら行きたくないけれど、一人だけ仲間外れになるのは嫌だった。

女の子だけの七人グループ。上位の女の子たちのように男子と喋ったり遊んだりすることはないけれど、それなりに楽しい学校生活を送っている。

そう、楽しいはずなのだ。休み時間に他愛無い話で盛り上がることも、放課後に寄り道することも、ずっとわたしが夢見てきた光景だったはずだ。それなのに、どうしてくだらなく思えてしまうのだろう。ようやく手に入れた場所なのに、時折居心地が悪くなる。欲しくて欲しくてたまらなかったはずの友だちが、なぜか疎ましい。それでもあの頃よりは幸福なのだと、自分に言い聞かせる。味方が誰もいない教室で、一人ぼっちだった中学生の頃より。
教室に入った途端、すべてのざわめきが消え失せたあの日。

自分を貫いた結果として一人になっている宮下さんと、みんなと同じようにふるまっていたはずなのにいつのまにか仲間外れにされていた、二年前のわたし。

食事を終えて文庫本を読み始めた宮下さんを横目で見る。彼女はいつも、ここは別の場所で生きているようだ。眼球の構造は一緒なのに、見ている世界がわたしたちとはちがう。物の考え方が、感じ方が、ちがう。

宮下さんのことがどうしても気になってしまうのには、理由がある。一年前から、わたしは彼女の秘密をひとつ所有している。誰にも知られないまま、ずっと。

初めて宮下さんを見たのは去年の四月、一年前の学年旅行のときだった。イルカショーの終盤、急に喉が渇いたわたしは席を立った。自販機を探して館内を歩いていると、クラゲの水槽の前に人影があった。誰だろう、と何気なく覗きこんだ。

女の子がふたり。顔と顔が近づき、そして、はなれていった。

それは、一瞬のできごとだった。あ。とおもわず声が漏れたそのとき、かぶさるようにしてショーの終了を告げるアナウンスと音楽が流れた。途端に生徒たちがなだれこみ、辺りの静寂をかき消す。

今のは、いったい何だったのだろう。

手をからめあっていた、女の子同士。

くちづけも、おそらく、していた。

もしかすると、錯覚かもしれない。垣間見たのは、ほんの一瞬だったから。けれどたぶん、そうだ。絶対に、していた。

通り過ぎてゆく生徒たちのはしゃぎ声が、耳元でひびく。クラゲたちは、水面から射しこむひかりをからだの芯まで浸透させて、コバルトブルーの水槽にたゆたう。目を瞑(つむ)ると、ざわめきで充たされているはずの空間から、すっと声が抜け落ちた。聞こえるのは、水流の音だけ。

瞼（まぶた）の裏に、ついさっきみた光景が灼きついている。あれは、世界のほころびだった。たしかに空気がちがっていたのだ。腐り落ちた果実にも似た甘やかな匂い。わたしの目の前で、世界から転がり落ちていったふたりの少女。

もう一度クラゲの水槽を見たときには、彼女たちの姿はどこにもなかった。

秘密の光景を、わたしは記憶の奥に丁寧にしまいこんだ。誰にも言うつもりはなかった。話す相手もいなかったし、喋る理由もなかった。ただ、名前だけは調べた。何でもいいから、彼女たちの情報が欲しかった。名簿を見たり、実際にそのクラスに出かけて確かめたり、そうしてなんとか探し出した。

篠原叶子（きょうこ）。宮下夕紀。ようやく手に入れたその二つの名前を、わたしは何度も胸の内で反芻した。

それからやがて一年が経ち、わたしたちは高校二年生になった。クラス分けが行われた日、隣の席に坐った女の子を見て、わたしは息をのんだ。あの子だ。水族館で見たあの二人の少女の、片方。名前を確かめる際にも見たから、しっかり顔を覚えている。たしかに、宮下夕紀だ。話しかけようと身を乗り出すと、彼女はめんどうくさそうにわたしをちらりと見て、それから目を逸らした。話しかけるタイミングを失ったわたしは、ぎこちなく前に向き直った。きらわれた、という、あの恐ろしく冷たい感覚が全身をはしりぬけた。

けれど注意深く見ていると、宮下さんはわたしだけではなくどんなクラスメイトとも話したがらなかった。きっとそういう性質の人なのだろう。自分だけが特別きらわれているわけではないと知ったわたしは、わずかに安堵した。

いつも一人で過ごしている宮下さん。彼女の孤独はきっと、あの蒼い記憶から滲みでているのだ。誰にも言えないひめやかな思い出をひとつ、自分の胸のなかに囲っている女の子。彼女の全てはそこから始まり、そこで終わる。完結した世界。

極彩色の喧騒にまみれた教室で、彼女の周りだけはいつも色のない静謐につつまれている。その凜とした横顔を見ながら、わたしはあの光景を胸の内で弄ぶ。彼女自身にさえ知られずに、ひっそりと。


四時間目の授業は、自習だった。監督の先生がいないのをいいことに、みんなそれぞれ仲のいい友だちと机をくっつけて、勉強そっちのけでお喋りをしている。話題は昨日のテレビのこと、駅前に新しくできた美容院の評判や英語の小テストの範囲、進路の相談、生理痛の対処法など。めまぐるしく変わってゆく話についていけず、わたしは配布されたプリントを黙々と解いていた。ときどき誰かが覗きこみ、答えをそっくり書き写してゆく。わたしは気にしない。

会話に加わらないわたしは、ここにいる理由をつくらなければいけない。真面目に解いた答案を他人に見せてあげることを自分の役目として果たし、何人もの机をつなげてつくった、教室に浮かぶ島のようなテーブルの集合体にしがみついているのだ。

いまの教室を俯瞰すればきっと、そのままクラスの相関図になるのだろう。最も強い力をもっているグループの島は大きすぎて、まるで大陸のようだ。派手なメイクの女の子たちが広々とした机の島に腰かけてけたたましく笑っている。二番目に大きなグループと、その端に属しているわたし。あとはところどころに、二つか三つの机をつなげた小島がぷかぷかと浮いている。たったひとり、どこにも属さずに一人で坐っている子がいた。もちろん、宮下さんだった。

シャープペンシルを途切れなく動かしながら、彼女のことをほんのすこしだけ羨ましく思う。こうやって取り引きめいたことをしなければ誰かと繋がっていられないなら、いっそ一人でいた方が過ごしやすいのかもしれない。けれどわたしの手が止まることはない。

ようやくすべての問題を終えて時計を見ると、授業が終わる十分前だった。ペンを置いて、友達の話に耳を傾ける。話題はいつのまにか愚痴の言い合いになっていた。担任への不満、別のグループに対しての陰口。誰かの悪口を言わないわたしは、輪から浮いている。それでも言いふらすことはないと判断されたのか、除け者にされることはない。

わたしはすこしはなれた場所から、彼女たちを眺める。濡れてぎらつく目と興奮して赤みがかった頬。みんな同じような顔をしている。そうして獲物を捕捉すると集団で襲いかかり、外見はもちろん、喋りかた、ものの考え方、性格の難、些細な癖まであげつらね、徹底的に貶(おとし)める。

けれど彼女たちが、自分が今喋っていることの意味を考えることは決してない。悪口だって、話題の一つにすぎないのだ。平凡な日々を盛り上げるための駆け引き。退屈しのぎの、暇つぶし。

「宮下さんって暗いよね」

だれかがふと零した一言に、みんな一斉にまくしたて始めた。暗い、何考えてるかわからない、きもちわるい。

だんだん大きくなってゆく声を聴きながら、中学生の頃を思い出した。たったひとりで、何もかもに耐えていた日々。言葉はあたりにいくらでも転がっているナイフだった。鋭く尖らせた自分の心を、舌をつかって音に仕立て上げ、宙に放つ。どこからでも、いくらでも取り出せる、世界でいちばんたやすく作れる凶器。

だれもが、悪意のかたまりをそのままのせたような、粗雑な言葉をわたしにぶつけた。鈍い刃物で斬られると、傷口は化膿する。研ぎ澄まされた論理的な言葉よりも、そうやって投げ捨てるように吐かれたなにげない一言のほうが、後々までひびく深い傷となった。言葉を加工しない分、より本心にちかい剝きだしの感情が表れる。

あの頃は、毎日必ず一度は深く傷つくできごとが起こっていた。プリントを配っていたとき、男子に差し出すとひったくられるようにして奪われたこともあるし、音楽の授業ではグループに入れてもらえず、ひとりで歌のテストを受けた。皆の前で歌いはじめると失笑が漏れて、思わず赤面するとまた教室全体がざわめいた。言葉の嵐に耐えた帰り道、明日はどんな傷を負うことになるのだろうと考えると涙がこぼれて仕方がなかった。

暴力は一度も受けなかったし、万引きを強要されることもなかった。けれど些細な悪口が、嫌がらせのひとつひとつが、わたしの心を確実に砕く。

誰かから悪意を抱かれることが、そしてそれをぶつけられることが、こんなにかなしいことだとは知らなかった。暴力も、悪口も、痛みに差なんてない。相手が悪意をもって行動した、その事実がかなしいのだ。かなしく、つらい。

また誰かが甲高く笑った。宮下さんはうつむいたまま、静かに読書をつづけている。聞こえていないわけが、ないのに。

手のひらに汗が滲む。唇が震える。まるで、自分が悪口を言われているような気分だった。だれかが笑う。喋る。また笑う。

もうやめて、と叫びたくなる。でも決してそうしないことを、わたしは自分で知っている。怖いのだ。矛先が自分に向かうことを、何よりも恐れている。だからわたしは、何も言わずに黙っている。

安全な高みから谷底に向かって石を投げる仲間たちを、同じ場所に立って傍観している。わたしは最低な人間だ。ふりそそぐ膨大な悪口にたったひとりで耐え続けることの苦しみを知っているのに、彼女を助けられない。助けようとしない。わたしもう二度とその苦痛を味わいたくないからという、自分勝手な、だけど命がけの理由で。

話し声と哄笑にあふれた教室で、わたしと宮下さんだけがひっそりと口を閉ざしていた。空回り気味な誰かの笑い声が、また響く。

今から二年前。中学三年の夏休み明けに、それは始まった。わたしは、十五歳だった。

きっかけは何だったのか、いまだによくわからない。わたしはみんなと同じように過ごしているつもりだったし、日常はどこまでも続いてゆくものだと思っていた。ある朝とつぜん、仲間外れにされるまでは。

わたしの何が駄目だったのか。どこが間違っていたのか。知りたかったけれど、誰も教えてくれる人はいない。そんなのずるい、と叫びたかった。不満があれば言えばいいのに、ずっと黙っておいて、唐突に爆発させる。

わたしを見て笑う人がいた。わたしを睨みつける人がいた。陰口を言う人がいた。昨日まで一緒に笑っていた友だちが、目も合わせてくれない。

行為はだんだんエスカレートしていった。仲間外れにされるばかりか、体育祭や文化祭など、行事のあとにおこなわれるクラスの打ち上げに呼ばれない。必要な用事があって喋りかけても答えてもらえず、結局わたしが先生に怒られる。

最初は、憤った。それから悩んだ。最後は、悲しくなった。わたしだって生きていて、ものを感じているのに。家族もいるのに。愛されてきたのに。どうして、否定されなければならないのか。帰り道で、いつも泣いた。泣き顔を家族に見られたくなくて、わざと遠回りして帰っていた。海岸で思いきり涙を流して顔を拭き、目と鼻が赤くなっていないことを手鏡で確かめてから、ようやく家路についた。

自室に入るとすぐにパソコンを立ち上げて、インターネットでいじめについてのサイトを検索した。目についた記事や文章をすべて保存し、時間をかけてじっくりと読む。いじめられる方が悪い、という内容の文章はすぐに消去した。無条件にわたしの立場を擁護してくれる言葉ばかり探して、集め、日々保存していった。

正しくないことはわかっていた。ネットに転がっている無数の文章のなかから、自分の耳に心地良い言葉ばかり選りすぐって摂取しても、何も変わらないことはわかっていた。けれど、ほかにだれがわたしを庇ってくれただろうか。

『いじめっ子は、感受性が乏しいのです。ひとの痛みも、悲しみも想像しない代わりに本当の喜びも知らないまま、周りに流されて生きているのです』

そんな文章で始まる、あるブログの記事を、わたしは何度も繰り返し読んだ。

ようやく、わかった。映画を観たり小説を読んだり、そういう感性が備わっていないひとたちに何を言っても無駄なのだ。きっと彼らは一冊の本を読みきったこともないし、古い映画の美しさも知らないのだろう。一篇の詩に感動して涙したことも、図書館の窓から射しこむ午さがりの光が落とす影も、ふと目覚めた真夜中のしじまも、そういう世界の素晴らしい部分を何ひとつ知らないし、これから先も理解することはないのだろう。なんて、かわいそうなひとたち。

そうだ。ほんとうに憐れなのはあのひとたちの方であって、決して、わたしじゃない。わたしは、かわいそうなんかじゃない。わたしは間違っていない。自分に言い聞かせるように、ちいさな声で呟きつづける。そのうち何故か涙が出てきて、布団をかぶって泣いた。

結局、どれだけ言っても届くことはないのだ。こうやって布団にくるまって理屈を並べたって、あのひとたちの心に届くことは、永遠にない。

午後の最後の授業は、数学だった。教師の口からよどみなくあふれてくる数字の羅列は、鼓膜の表面だけを撫でて溶け消えてゆく。ノートの端に落書きをして、消す。また書く。消す。その繰り返し。

いちばん後ろの席は、教室を見渡せるから好きだ。隣に坐っている男子は、机の下で携帯電話を弄（いじ）っていた。後ろから二番目、窓際の席に目をやる。宮下さんは机につっぷして眠っていた。広げられたノートのうえに散らばった黒髪。なだらかに湾曲した背骨のかたちが、薄いシャツにくっきりと浮き出ている。二本の脚は力なく投げ出され、爪先はゆるく交差している。

ねむっているのは、宮下さんだけではなかった。ぽつぽつと、何人かが机に伏せている。わたしもあくびをひとつして、頬杖をついた。教師の抑揚のない声が単調にひびき、教室はまどろみに充たされてゆく。

わたしたちが常に抱えている、微熱のような重怠い感覚こそが眠気の根源なのだ、とぼんやり考えた。すべてがどうでもいいような、それでいて何もかも破壊し尽くしたいような中途半端な疼きを、彼女だけじゃない、この教室にいる生徒たちはだれだって、もてあましている。

開け放たれた窓からときおり吹きこんでくる絖のようにすべらかな午後の風が、ふかい睡りに沈みこんだ少女たちの髪を撫でていった。

放課後、わたしはいつも一人で帰宅する。同じ地区に住んでいる子が、だれもいないからだ。

学校から最寄の駅までバスに乗り、それから電車で二十分、さらに自転車で十分のちいさな工場街に、わたしは住んでいる。街を貫くように一本の巨大な河が流れていて、両岸に建ち並ぶ鉄工場の排水がなだれこんでいる。そのせいか街には、泥を練ったような重苦い水のにおいがいつでもたちこめていた。

凹凸の多い、継ぎ接ぎだらけのアスファルトを進んでゆくと、工場は徐々にまばらになり、代わりにコンクリートのマンションが林立してくる。どの建物も一様にうす汚れ、どんよりと煤けている。工場街そっくりの、団地。数ヵ月前に建ったあたらしい建物でも、なぜか色褪せてみえる。この街の埃っぽい空気は、なにもかもをくすませてしまうのだ。

マンションの玄関前の桜の木は、相変わらず花びらを滴らせている。降りやむ直前の、雨のような散り方だった。埃っぽいエレベーターで四階までのぼり、端から二番目の部屋の鍵をあける。がらんとしたリビングに、人の気配はない。

静まり返ったリビングで、学校の課題をこなす。日が暮れてくると、いつもどおり食卓の準備を始めた。炊きたてのご飯を茶碗によそい、作り置きされた鶏のごぼう巻きと、即席のお吸い物を、台所のテーブルに並べた。だしの染みた鶏をご飯にのせて口に運ぶ。湯気の立っているお吸い物をすこしずつふくみ、蒸したアスパラガスにマヨネーズを乗せてかじる。

食事をしながら、ふと窓から見える景色に目をやった。たそがれの街は濃密なこがねいろに照り映え、けれど重く濁った空気がところどころにこびりついている。水流は暗く沈みこみ、ときおり雲間から零れてくる陽射しを受けると思い出したように鈍くかがやいた。

この街に引っ越してくる前は、海の近くに住んでいた。古い平屋の一軒家で、路地を抜けて踏切を越えると、もうすぐそこに海岸が広がっていた。夏になると、庭にテーブルを出してみんなで夕食をたべた。チシャに巻かれた焼肉、ゆで卵、キッシュ、炭酸水、くだものの缶詰。近所に住む友達もたくさん遊びに来た。大人たちが縁側で酒を飲んでいるあいだ、わたしたちは花火をして遊んだ。弾けるひかりと、笑い声。たべものの焼ける香ばしい匂い。ときおり涼しい潮風が吹きつけて、ほてった頬を冷やしてくれた。永遠につづくような夕暮れのなか、わたしは稚(おさな)いからだのすみずみで幸福を味わった。

今頃、あの家はどうなっているのだろう。高校に入学すると同時にこの街へ引っ越してきてから、一度も見に行っていない。海辺の家での記憶は、すでにところどころがおぼろになってしまった。この灰色の街に引っ越してきた日からすべての記憶が古びて黄ばんでしまったような気がする。ただ胸の傷口だけがいつまでもふさがらずに膿み、今もじゅくじゅくと赤く濡れている。

食事を終え、洗い物をすべてこなしたあと、茶を淹れて飲んだ。濃い味が舌の上でにがく溶け、残った熱だけが喉の奥深くをするすると伝い落ちてゆく。

今日は河の流れが速いな、と思った。


その晩は、なかなか寝付けなかった。瞼の裏に、昼間見た桜吹雪がこびりついて仕方ない。途切れることなく降りしきる白い雨。あの日の光景と、重なる。布団にもぐりこんで毛布に顔をうずめると、記憶がよみがえってくる。

中学三年生の、三学期のある日。確か曇りの日で、いつにもまして潮のにおいが濃く漂っていた。登校時、校庭の近くでクラスメイトたちに呼び止められた。何、と訊ねても答えず、ただにやにやと笑いつづけている。校舎のベランダからも、たくさんのひとが身を乗り出してこちらを見ていた。嫌な予感がして立ち去ろうとしたそのとき、クラスメイトのひとりの手から何かが放たれた。白い花弁だった。ほかのひとたちも、花弁を撒いている。ベランダからも。ばらばらと降りしきる白い雨は、わたしの頭の上に積もるだけではなく、風に乗って公共の道路の方へも飛んでゆく。何が起こったのかもわからず、わたしは呆然とそのうつくしい光景を眺めた。

ただの花吹雪じゃない、と気付いたのは、下品にはやしたてる男子の声が耳に入ったからだった。足元に落ちた一枚を拾ってみる。ルーズリーフを適当にちぎったような、名刺ほどの大きさの紙切れ。裏返すと、死ね、と書いてあった。

一枚だけではなかった。全ての紙切れに、それぞれ短い言葉が書かれていたのだ。わたしの名前。わたしの住所。わたしの家の電話番号。わたしの携帯のメールアドレス。わたしへの雑多な悪口。悪口。悪口。紙きれは次から次へと降ってくる。いったい何百枚あるのだろう、とわたしはぼんやり思った。どれくらい大勢の人たちが、この途方もなく残酷な春嵐を創ったのだろう。

あのとき、空から降ってきたのは花弁ではなく悪意だった。まじりけもなく、どこまでも純粋なまま美しく結晶した、悪意。

こわい、というより、おどろいた。こんなにまっすぐな悪意をむけてくる人がいるということに。それもわたしを本気で追い詰めて殺そうとするほどに強く、純度の高い悪意を。紙の一枚一枚がわたしを殺す弾丸であり、辺りはふりそそぐ銃弾の嵐だった。

それでも、白い雨はうつくしかった。おそろしいほどきれいな光景だった。はなびらはうずくまったわたしの視界をやさしく覆い尽くし、呼吸を徐々に止めてゆく。もしも言葉が目に見えるかたちをもったなら、だれかを傷つけるための言葉はきっと白く染まるだろう、とそのとき思った。少女の肌のような、ナイフの切っ先のような、一分の隙もない白色。

その日から、わたしの頭のなかに花片が積もりはじめた。白の上に白が積もる音がわたしの鼓膜を内側から震わせる。まるであたまのなかに白い蝶が棲(す)んでいるようだった。薄い翅(はね)がゆったりと開閉するたび、鱗粉が散る。真っ白の粒子はすこしずつ、けれど確実に脳の襞に溶けこみ、侵食し、やがてわたしをころすだろう。

ようやく、とろとろとした眠気が足元から満ちてきた。積もった花弁に、意識がゆったりと沈んでゆく。花殻の隙間から見えていた空もやがてぼやけた薄明かりになり、紙切れに蔽われて消える。湿った水の匂いにつつまれて、わたしの意識は花びらの海に沈んでいった。

五月の朝。カーテンをあけると、世界は相変わらず灰色に煙っていた。いつもどおり一人で朝食を摂り、セーラー服に腕を通す。玄関の鏡で顔を眺めてから、部屋を出た。

辺りはべたついた温気に満ちていて、空全体は紗のように薄く均質な雲におおわれていた。日射しは雲を透かしているせいでうすぼんやりとしていて、空気を淡い乳白色に染めている。雲の切れ間からは一条の光が縷々と流れ落ちていて、遠く霞にけぶる稜線を照らしていた。

マンションの前に並んでいる桜の樹を見ないようにして、早足で通り過ぎた。最近、ますます頭痛がひどくなっている。花粉まじりの埃っぽい空気のせいだろうか、とずり落ちそうになるマスクをひっぱりあげながら思う。眼球が痒いし、喉もささくれたように痛む。帰りたいと思いながら、それでも電車を降りていつものバスの赤い車体を見たとたんに、体は勝手に動き出す。重たい感情を引きずったまま、いつも通りの日常を絶やすまいとして。

もはや習慣となった、宮下さんの斜め後ろの席。窓の外の景色。いつもと同じ、何も変わらない光景。目を閉じると、ふたたび記憶がよみがえる。

白い雨が降った朝、わたしは授業を受けないまま学校を後にした。海沿いの道、来たばかりの道をまた歩いて引き返した。帰宅してすぐ自室に入り、ドアを閉めて鍵をかける。

机の上のルーズリーフが目について手に取った。内容を確かめないまま、音を立てて破る。

こまかくちぎって、ぐちゃぐちゃにまるめる。机の上にあった数学のノートも掴んで、ページを引き裂いた。カラーペンで綴った数式や文字列が、意味のない歪んだ線となってゆく。気がつけば泣いていた。泣きながら、他の教科のノートも破った。破りつづけた。わたしは壊す。壊すのだ。この世界のありとあらゆる言葉を、わたしを傷つけるものを、わたし自身を、なにもかもを、壊して踏みしだきたい。

部屋じゅうに、ちろちろと白い紙片が散る。羽根のように。わたしは声の限りに叫んだ。牙を剝き出しにして、どす黒い口腔をぱっくりとあけて。わたしのなかの瀕死の精神が、のたうつ。

ふと鏡に映った自分を見て、驚いた。汗で顔にべったりとはりついた長い髪の隙間から、ぎらぎらと充血した瞳が覗いている。唇の皮膚は乾燥して破け、血が滲んでいた。なんて、醜(みにく)い。これがわたしの姿か。十五歳の、わたしの姿か。

急に力が抜けて、ぺたんと床に坐りこんだ。そばに落ちていた紙切れを拾ってひらくと、鉛筆で「しね」と書かれていた。雑な、粗い字で。

こんなちっぽけな文字などで、とわたしは唇を嚙む。たった二文字で、わたしのすべてを否定されてたまるか。わたしの意志を、人生を、わたし自身を、傷つけることなど許さない。なにひとつ、だれにも、明け渡してなどやるものか。

それからわたしは学校へ行くことをやめた。もうこれ以上、内臓をごっそりと抉(えぐ)り取られるような痛みを味わいたくなかった。わたしを護ることができるのは、もはやわたししかいなかった。

問題は、両親だった。いつかは必ず話さなければならない。学校に行かないと決めたのなら、なおさら。

ある日の、夕食のあと。食事を終えた父と母はいつものようにテレビを見てくつろいでいる。わたしはふかく息を吸い、そして覚悟を決めて、切り出した。

「話が、あるんだけど」

声は、僅かに震えていた。父は何かを察したのか、リモコンに手をのばしてテレビを消した。

それからわたしは、話し始めた。これまで受けてきたいじめについての、何もかもを。平坦な口調で、できるだけ淡々と。父の表情は変わらなかったけれど、母の顔はみるみるうちにゆがんでいった。ついに母はハンカチで目元を覆い、嗚咽(おえつ)し始めた。それでもわたしは話しつづけた。

学校はあと二ヵ月しか残っていないけれど、どうしても行きたくない。できれば休ませてほしい。最後にそう締めくくると、食卓は沈黙に包まれた。母が鼻をすする音だけがひびく。

父が静かに言った。

「逃げなさい」

わたしは顔をあげて、父を見た。

「おまえの言ったことが全て本当なら、もう学校には行かなくていい」

予想外の答えにわたしはおどろいた。こんなに易々と受け入れてくれるなんて。どうして、もっと早く話さなかったのだろう。

すっと全身の力が抜けた。話している途中ずっと気を張っていたせいか、同時に、涙がこぼれた。両親を傷つけてしまったことに対する罪悪感と、もう学校に行かなくていいのだという安堵感が同時に押し寄せてくる。

「明日、学校に行って先生と話してくるから」

父の言葉に、泣きながら頷いた。

大丈夫。わたしの居場所は、まだここにある。嚙みしめるように呟くと、あたたかい涙が膝の上にぽたんと落ちた。

その日から、わたしは自分の部屋で過ごしはじめた。ぬるい空気にみたされた、うす暗い子宮のような部屋。わたしと外の世界をつなぐものは、パソコンのコードだけ。臍(へそ)の緒のように長い管は、うねりながら電気信号を送受信してパソコンの液晶に新鮮な情報を映しだしてくれる。インスタントの食事をひっそりと貪(むさぼ)りながら、一日中ただ画面を眺める。ときおり意味のない言葉の破片を匿名の掲示板に投げつけては、すぐに返ってくる過敏な反応をたのしんだ。

膨大な数のスクロールを繰り返して、気付いたことがあった。みんな、自分を卑下する言葉を吐きあいながらも、実はこの場にいるだれよりも自分がいちばん優れているのだという根拠のない自信に満たされている。ほかに何百万人といる同世代に埋もれるような平凡な人間ではないということを何とか証明したくて、絵を描き、文章を書き、歌をうたい、楽器を鳴らし、勉強し、そうやって自分の才能を必死で探す。次から次へと、ジャンルを超えて、手当たり次第、挑戦してゆく。わたしはここにいる、と。ほかのだれでもない、わたしがここにいるのだ、と叫びたくて。

今日も、世界中で声のない咆哮（ほうこう）がこだましている。誰にも届かない、響かない、そんな不可視の叫びが、インターネット上のそこかしこで発せられている。

わたしは十本の指をなめらかに滑らせて、キーの上に印字された文字を、力強く叩く。小気味よいタイピングのリズムはいつしか音律となり、文字はいよいよ勢いを増して掲示板を埋め尽くしてゆく。かつてわたしを傷つけた言葉たちをぞんぶんに駆使して、刃向かってくる人たちを論破し、ときには子どものように罵りあいながら、それでも誰かとつながっていられる瞬間がほしくて、反応がほしくて、幾度も書き込みを繰り返した。

鍵盤をなぞって音楽を奏でるように、わたしはキーボードで文字を紡ぐ。叫ぶように。吼えるように。

二月の終わりに、わたしは県外の私立高校を受験し、合格が分かったと同時に家族三人で引っ越した。ちょうど父の仕事先が移転したばかりで、都合が良かったのだ。中学の卒業式には、行かなかった。

高校に入学したその年は、特に何事も起きずに過ぎた。特別仲の良い友達ができたわけではなかったけれど、それでも平穏に毎日を過ごすことができて、幸せだった。水面下のぬるい取り引きは確かにあったけれど、直接悪意をぶつけられることはなかった。互いに牽制しあった結果の上での平穏だったとしても、それで充分だった。わたしはたしかに幸福だった。二年生に進級して、宮下さんがかつてのわたしのように疎外されるのを目の当たりにするまでは。

結局あれから、なにも変わっていないのだ。毎日だれかが白い言葉を吐き捨て、そのたびにだれかが傷つく。その他大勢はおこなわれる行為を取りかこみ、沈黙したまま傍観を決めこむ。歳をかさね、役柄は替わっても、わたしたちはおなじことを繰りかえす。おわった映画をもどしてまた再生するように。馬鹿みたいに、何度も何度も、何度でも。

駅からのバスはいつもより遅めの時間に、学校の最寄の停留所に着いた。ステップを降りて頭上を仰ぐと、水に灰色を一滴滲ませたような空に、真珠母いろのあざやかな雲がぽっかりと浮かんでいた。バス停からのびている一本道の両端には、田畑が果てしなく青く拡がっている。泥のなかにまばらに生えた稲苗が、弱々しく風に揺れていた。

学校へとまっすぐつづく道を見て、わたしは目を細めた。みんな当たり前のようにこの道を辿(たど)って学校へ通いつづけている。平坦(たい)でありきたりな、アスファルトの小路。十七年分の雑多な過去を均(なら)すように今の平らかな日常がある。まるで、でこぼこの地面にコンクリートを流し固めて道路をつくるみたいに。

　どこまで続いてゆくのだろう、この道は。足の下で未だ蠢いている感情の残滓を見ないふりをして、表面の平穏な日常を淡々と消化している。この先に、いったい何があるのだろう。何もないのだろうか。わからない。わたしは歩くことしかできない。歩きつづけなければいけない。今度こそ逸れることなく、まっすぐに。

　校門近くまで来たとき、道の端に人影が佇んでいるのにふと気がついた。行き過ぎてゆく自転車や女子高生の群れには目もくれず、じっと立ち尽くして足元を眺めている。その横顔に、見覚えがあった。

「宮下さん」

　思わず声をかけると、彼女はちらとわたしの方を見て、またすぐに視線を落とした。

「何してるの」

　訊ねると、彼女は黙ったまま足元を指さした。何か白っぽいものが、水田へとつづくなだらかな斜面の雑草に埋もれている。あ、とわたしは呟いた。猫の死体だった。

　白い毛並みにところどころ泥がこびりついていて、口からは真っ赤な舌が覗いている。両眼は開いていた。瞳孔がひらききって、眼球全体がくろく濁っていた。周囲に繁茂した雑草の、葉と葉の隙間からこぼれ落ちるひかりが瞳の表面に反射して、ちらちらと銀の粒を撒いたようにかがやいていた。宇宙みたいだと思った。

「きれいだね」

わたしは言った。宮下さんは頷いた。そのままふたりで、しばらく死体を眺めていた。汚れていない、お腹の部分のやわらかそうなまっしろの毛が、風にふわふわとそよいでいた。

どれくらい時間が経ったのか、ふと腕時計を見ると始業時刻をまわろうとしていた。これから校門をくぐり、下駄箱で靴を履き替え、静まり返った教室に入って行かなければならないのかと思うと、なにもかもを投げ出したいような気分になった。手足が重く沈み、道路にしゃがみこむ。

宮下さんは学校ではなく、どこか遠くの方を見ていた。髪がなびいて表情がよく見えない。

「佐藤さん」

宮下さんは振り返って、わたしを見下ろした。陰になって暗い顔のなかで、ふたつの眼だけが濡れたように光っているのを見ながら、わたしはぼんやりと思った。猫の、あのちいさなからだのなかには宇宙が詰まっているのだ。

「一緒に逃げない?」

東の空を、白い尾を曳いて飛行機がゆるやかに下降していった。

どこかいきたいところある、と訊かれて咄嗟に、海、と答えた。折り返しのバスに乗って辿りついた、駅の構内。切符売り場の前で立ち尽くすセーラー服のわたしたちを、通りすがりの会社員がちらちらと見ながら歩き去ってゆく。宮下さんは黙って切符を買った。

平日の午前の電車は空いていた。わたしたちは空っぽのボックス席に、互い違いの向かい合わせに坐った。窓枠に肘をついて景色を眺める彼女の横顔は、奇妙なほど幼く見える。

　車内のそこかしこに、淡い金いろの光が散らばっていた。街、川、公園、田畑。窓の外の景色はどんどん移り変わってゆくけれど、空気は霞がかったように白みがかっていて、どこまでいっても世界は春で充たされているようだった。

　どうしてわたしは今、ここにいるのだろう、とぼんやり思った。いつもの日常と、どこで分岐したのだろう。普通なら教室で授業を受けているはずが、あの宮下さんと一緒に海をめざしている。どうしようもなく非現実的だった。窓ガラスに微かに反射している顔を見つめる。卵形の輪郭、ざらついた頬、すこしいびつな鼻すじ、ぽってりと腫(は)れた瞼。これは、誰なんだろう。学校を抜けて電車に乗っているのは一体、誰なのか。わたしはもう、自分のことすらわからない。

　向かいの席に坐った宮下さんは、うつむいて眠っていた。閉じられた瞼は、奇妙なほど青白い。駅までのバスの車内で、彼女はすこしだけ自分の話をしてくれた。

「最近、毎日おなじことばかり考えてて。すこし疲れたの」

　宮下さんの隣に坐ったわたしは、視線を足元に落としたまま訊いた。

「でも、どうしてわたしを？」

「佐藤さんは、ちょっとわたしに似てる気がする。他人に興味がないところとか」

　他人に興味がない。思わずくすりと笑ってしまう。わたしはいつだって周りの目が気になって仕方がないというのに。宮下さんは訝(いぶか)しげにわたしを見て、それから窓の方に向いた。

「あれからもう一年経った」

ため息とともに吐き出されたひとことに、心がざわめく。一年前の今頃、何があっただろうか。学年旅行。水族館。クラゲの水槽。くちづけ。

ああ、とわたしは心のなかで叫んだ。やっと、得心がいった。彼女は未だ、あの記憶に囚われているのだ。宮下さんが、あのときキスしていた女の子とどういう関係だったのか、今どのような状況にあるのか、わたしにはわからない。けれど彼女の悩みのすべての原因がそこにあるのは、きっと間違いない。

心臓に蒼い孤独を飼っている少女。したたかに見えて、実は脆い女の子。本当はもう、限界だったのかもしれない。自らの内側に溜まったかなしみに溺れる間際で、偶然そばにいたわたしの手を咄嗟につかみ、すがろうとしたのかもしれない。

わたしだって、逃げ出したかった。いつまで続くとも知れない日常から外れて、どこまでも脱線してみたかった。わたしたちはかすかに開いた日常のほつれ目から抜け出して、道を逸れ、海に向かって逃れてゆく。

一時間と少し、電車にゆられて辿りついたのは、海辺の町だった。ホームに降りると、空気に微かに潮の匂いがまじっていた。無人駅を出て、携帯の地図を頼りに歩き出す。

四角く区切られた敷地に平屋がぽつぽつと建ち並んでいた。建物の隙間を埋めるように、ささやかな庭や畑がつくられている。宮下さんは建物の陰や茂った木々の下、なるべく暗いところを選んで歩いた。スカートからすらりと伸びた脚はつくりもののように白く、昼間の田舎の風景に不釣り合いだった。アパートの裏庭には、住人たちから忘れられたビオラの花が錆(さ)びた遊具の陰でひっそりと青く咲いている。

途中、人気のない小さな公園のベンチでお弁当を食べた。近くの小学校から、子どもたちの甲高い歓声が聞こえる。屈託のない、甲高い笑い声。フェンスに囲まれた校庭で駆けまわる子どもを眺めながら、自分の小学校時代を思い出す。幸福な、海辺の家での日々。あれからずいぶん遠くまできたな、と思った。

「このあと、どうする」

ふいに声をかけられた。隣に坐る宮下さんが、こちらを見ている。

「海まで行ったあとのこと。わたしは帰らないつもりだけど、佐藤さんはどうする」

帰らないつもり。たった一人で、彼女はどこに行くのだろう。

彼女の瞳を見た。ひかりを受けて、ほのかに茶色く明るんでいる。ここで何もかもおわりにしてしまおうか。そう聞こえた気がした。

「いい。わたしも帰らない」

言うと、宮下さんはわずかにほっとしたようだった。じゃあ行こ、ベンチから立ち上がる。それからは、ふたりとも口をひらかず、淡々と歩を進めた。

歩きつづけるうちに、ますます潮のにおいが濃くなっていった。やがて、アスファルトの道路が砂に変わる。

まばらな松林を抜けてコンクリートの階段を下りると、海だった。昏(くら)い灰色に染まりながら、轟然とうねる海。水面は陽射しを受けて鈍くかがやいているものの、水の中はどろどろに濁っていて不鮮明だった。潮風のなかに腐った魚のような匂いがまざっている。ここは、かつてわたしが住んでいた故郷の街ではない。けれど、海の匂いは同じだった。あまりの懐かしさに、喉の奥が熱くなる。

　宮下さんは砂浜にうずくまり、右手で左手を砂のなかに埋めはじめた。わたしはローファーのまま、波打ち際に沿って歩く。ときおり飛沫(しぶき)がかかって、紺色のソックスが黒く滲んだ。

　ふと、汀(みぎわ)の先になにかが落ちているのを見つけた。近寄ると、うちあげられた海藻だった。黒くもったりとしたそれを、何の気なしに爪先で弄ってみる。ぐっと強く踏むと、ふにゃりと奇妙に柔らかな感触がした。死体の眼球を踏みつぶしたような、気味の悪さ。思わず、一歩退く。よく見てみると、海藻の下でクラゲがつぶれていた。砂にまみれて死んでいる、半透明のクラゲ。いきもの、というより、水のはいったビニール袋のようだった。

　うわ、と声にだして呟くのと、クラゲ、とやけに透きとおった声が背後から聞こえたのと、ほとんど同時だった。反射的に振り返ると、宮下さんが立っていた。ふらふらと不安定な足取りで、近づいてくる。しゃがみこみ、砂まみれの両手でクラゲの死骸に触れた。

　宮下さんはそのまましばらく、同じ姿勢でいた。わたしは彼女のすこし後ろに立ち、彼女の背中をぼんやり眺めていた。やがて宮下さんはたちあがって、わたしの方を向いた。彼女の顔を見て、おもわずぎょっとする。宮下さんは、泣いていた。声もなく、おおつぶの涙をぽとぽとと落としていた。ずず、と鼻を啜り、涙も拭かないまま、わたしを見ている。

声をかけようとしたとき、彼女は口をひらいた。ひときわ高い波が砂にたたきつけられる音とかぶって、何も聞き取れなかった。音の消えた世界で、宮下さんはぱくぱくと口をあけている。

ごめん、もっかい言って、と波音に負けないため怒鳴るように言うと、彼女も叫び返してきた。

「わたしの、首を、絞めて」

二本の細い腕が伸びてきて、わたしの手首をつかむ。彼女の手のひらにこびりついた砂粒が肌の表面で擦れて痛い。宮下さんはそのままわたしの手を自分の首にまとわりつかせた。

「親指をおさえて、思いきり。遠慮しなくていいから」

はやく、と急かされ、けれどどうすることもできず、困惑したまま立ち尽くしていると、宮下さんはわたしの手のうえに両手を重ねて、力をこめはじめた。嫌だってば、無理、できるわけない、と口の中に溜まってゆく言葉は、けれど宮下さんの苦しそうな顔を見た瞬間、すべて吹き飛んだ。

わたしはずっと、こうしたかったのではないのか。わたし以外のすべての女の子を、こうやって、殺したかったのではないのか。

自然と、両手に力が入る。すでに宮下さんの手は力を失ってだらりと垂れていた。より首を絞めやすい体勢をさがして、彼女を砂浜に押し倒す。宮下さんが呻(うめ)きながら身じろぎをするたび、制服に、剥きだしの腕に、唇に、まつげに、砂がくっつく。

　本能的に酸素をもとめてのたうつ宮下さんは、けれどもう宮下さんではなかった。これまでわたしを虐げてきたクラスメイトの女子たちの姿が、重なる。鮮やかによみがえった殺意をこめて、冷静に、首の器官を圧し潰す。しねしねしねしねしね、あいつらに言われた言葉に、今、わたしは行為で応えている。苦しげな女の表情に、わたしは恍惚となった。もっと苦しめばいい。わたしの痛みをそのまま返してあげるから。思い知ってほしい、わたしが垣間見た死を、一瞬でもいいから感じてほしい。その怖さを、恐ろしさを、さみしさを、知ってほしかった。

　高い波が、砂浜のわたしたちにぶつかった。つめたい水が顔にかかり、制服を濡らす。思わず叫び、わたしは宮下さんの首からぱっと手をはなした。彼女は肩で息をしながら、わたしをじっとりと見あげた。

「ぜんぜん、きもちよくない」

　え、と訊きかえすと、彼女はもういちど「きもちよくなかった」と、泣きそうな顔で言った。

　首を絞められて気持ち良くなるわけがない。そう思ったけれど、宮下さんがほんとうに泣きそうな顔をしていたから、言わなかった。

　両掌には、微かな熱がまだ残っている。生まれて初めて、ひとの首を絞めた。湿った、薄い皮膚。頸動脈の感触。両手でかんたんに包みこんでしまえるほど、彼女の首は細かった。

わたしは、ほんとうに彼女を殺しかけていたのだ。今になって、背筋が寒くなる。

　空は暗く沈みこみ、灰色の海との境目が曖昧になっている。宮下さんは、何がほしかったのだろう。死のそばに這い寄ってまで、彼女が得たかったものは、いったい何だったのだろう。傷だらけの心で、それでもまだ手を伸ばす貪欲さ。

　さっきから右腕がちいさく震えつづけている。あとすこし、かすかに力を入れていれば彼女は死んでいたかもしれない。

　心底、恐ろしかった。そんなことは、望んでいない。わたしがほんとうに憎んでいるのは彼女ではない。中学のクラスメイトたちと、そして、自分自身だ。

　わたしのあたまのなかで降り続けている雨こそが、全ての原因なのだと、本当はずっと前からわかっていた。苦痛の日々。痛みの記憶。彼女が圧迫による快楽に固執しているように、わたしも過去にしがみついている。

　あの白い雨は、わたしのよすがなのだ。いじめられたときの体験は、わたしのすべてだった。苦しみながらも、その傷痕にすがって生きてきた。かつていじめに遭っていた、ということ以外は何もない、わたしのからっぽな人生。

　唐突に刻まれたいじめの記憶は、平凡な人生のなかであまりに鮮烈すぎたのだ。あの美しくもグロテスクな白い雨の記憶にわたしは苦しみ、多くの人間を憎んだ。誰一人として許そうとせず、忘れようとせず、今日まで生きてきた。結果として、わたしは自分の傷を癒す努力を放棄した。むしろ傷を庇い、傷にすがりながら生きてきたのだ。からっぽで平凡なわたしの、唯一の特殊な経験。あの記憶はもう、わたしという人間の核となっている。

どうしてこれほどまでにゆがんでしまったのだろう。じわりと涙が滲んで、視界が霞む。

そのとき、横から強い衝撃が加えられた。あまりの勢いに、その場に倒れこむ。さらに上に圧し掛かられて、低く呻く。わたしの上に馬乗りになっているのは、宮下さんだった。

「ちょっと、何」

苦しいから退いて、と言いかけると、首を摑まれた。かさねられる親指。その瞬間、心から恐怖を感じた。ほんとうに、殺される。

逃げ出そうともがくわたしの横腹を、宮下さんは思いきり蹴る。痛みがざっと体を駆け抜け、砂についたてのひらから力が抜けてまた倒れた。その拍子に泥臭い塩水が、眼や唇、鼻腔の中にはいってきて、むせ込む。それでも宮下さんの手はわたしの首からはなれない。瘦せた腕のどこからこんな力が出てくるのだろうか。起きあがろうとして必死にもがくと、下腹を膝で押さえこまれた。思わず、汚い声で呻く。吐きそう、と思った次の瞬間には、嘔吐物がごぷりとくちのなかにあふれていた。喉をしめられているせいですべて吐ききることができず、唇のはしから唾液とともに垂れる。同時に、涙がつつと流れた。また高い波が打ち寄せて、視界が真っ白な泡粒に覆い尽くされる。目の中に砂が入ったのか、刺すように痛む。わずかに呼吸が楽になった気がして、両目を無理やりこじあけると、宮下さんも波をかぶったのか顔を袖で拭っていた。泣くのを我慢しているこどものような、本気で怒っている大人のような表情が、濡れてぐしゃぐしゃになっている。ほそい束になった髪の毛先から、鋭いしずくが滴っている。

「みやしたさん」

絞り出した声は、錆びた金属のようにざらついていた。彼女は水のなかにぺたんと坐りこんだまま、もう動こうとしなかった。水を吸って重たくなった制服のスカートの裾が、白い肌にわずかに透けている。わたしは咳き込みながら、からだを起こした。胃の襞がざわっと逆立ち、腹の底のものが喉元にこみあげる。潰れる寸前の蛙のような呻きをふたたびあげて、わたしは少ない嘔吐物を海面に落とした。きいろみを帯びたそれらは波間に揺らぎ、水中にゆるゆると拡散してゆく。

からだにうまく力が入らなくて、砂浜にうつぶせになって寝転んだ。波がうちよせるたび、海水に浸されたスカートがゆらめく。頬をつけた砂がやけにあたたかかった。唇の隙間からまた塩水が入りこんできて、口をあけたままにしていると、泡の混じった唾液といっしょに流れ出ていった。視界が白く濁ってゆく。顔中の穴から流れ出す体液は海にそそがれ、また海水も微細な毛穴から体内に染みるように入り込んでくる。

水は死に似ている。かすむ意識でぼんやりと思う。透明だし、どこにでも存在している。わたしの皮膚の下にも。

水槽の前の宮下さんを初めて見たときを思い出す。彼女たちもほんのかすかに死の気配をまとっていた。互いにじゃれあいながら、気づかないあいだに死の淵へと身を乗りだしているような、そんな危うさ。

深海の底で、彼女たちはくちづけを交わした。硝子箱で浮遊するクラゲに囲まれて、見つめ合う少女たち。暗い水の匂い。宮下さんの、原点の記憶。青い傷痕――。

……あーん、あーん、と子どもの泣き声が聞こえる。最初は微かに、徐々に鮮明に。意識がだんだん浮上してくる。視線をずらして辿ると、声のみなもとはぺったりと坐りこんだ宮下さんだった。ぼろぼろと涙をこぼして、大声で泣いている。わたしがいることなんて関係ないように、力の限り泣いていた。普段、教室にいるときには絶対に見せないような、くしゃくしゃの顔で。

ふつふつと、腹の底で何かが滾っている。宮下さんの泣き声に全身が反応している。わたしも、何かを解放したい。重たい感情をすべて捨てて、自由になりたい。

今までわたしのなかで行き場を失い、底の方でからがりあっていた思いが、一気に喉元へ押し寄せてくる。わたしは砂に両手をつき、顔をぐいと前に突き出した。言葉は意味を脱ぎ捨て、ただの大きな音となって、ぱっくりとあいた口からいきおいよく放出された。音は空気を媒体として、波形を描きながら徐々に散開してゆく。

十五歳の頃を思い出した。声の限りに叫んだ夕暮れを。

何をしても充たされない、空腹にも似た欲求。他の子より優れているのだという根拠のない自信、自己愛。そして、そんな自分に対する底のない憎しみ。白い雨。よすがとしての傷痕。がらんどうを埋めるように互いを求め合う、拙い恋愛。ままごとみたいなくちづけ。それでもきっと、充たされなかった思い。だれもが十七歳のはずなのに、青春なんて言葉とは程遠い。灰色で、薄暗くて、いびつで、腐っている。

　これがわたしの春なのか。たった一度の、春なのか。

　声はすこしずつかすれ、やがて途切れた。使いすぎた喉が熱くて、ひりひりする。

　とつぜん、目の前に宮下さんの白い脚がぬっと現れた。そのまましゃがんで顔を覗きこんでくる彼女に、怯(ひる)んだ。首元を手で隠しながら僅かずつ後退するわたしに向かって、彼女が言う。

「びっくりした」

「……え?」

「声。すごく大きかったから」

　かっと顔が熱くなり、思わず目をそらした。宮下さんは、わたしをしばらく見つめつづけた。初めて見たものをじっくりと観察するような目つきで。

　ふと、彼女の唇の端に砂粒がくっついていることに気づく。睫毛(まつげ)の先にも。そっと手をのばすと、宮下さんは従順に目を閉じた。こどもみたいだ、とふいに思う。白いちいさな手。みずみずしい肌。黒く濡れた髪。さっきまでわたしの首を絞めていたとは思えないほど、澄んだまなざし。なんだか、急に幼くなったように見える。彼女の脆い部分が、さらけだされているせいかもしれない。クラゲの死骸を見たときの、透きとおった声がよみがえる。首を絞めて、と言う無邪気な声も。

わたしたちは、たぶんまだ、大人になりきれていないのだ。成熟したからだに幼く脆い精神をなんとか詰めこみ、ちぐはぐなままで精一杯生きている。だから間違っても、いいのかもしれない。だれもがどこかにいびつな部分を抱えて生きているのかもしれない。綺麗な春なんて、最初からどこにもなかった。

わたしは、力なく垂れた宮下さんの手を取って握った。海水に浸かりつづけていた腕は、おそろしいほどつめたい。手をつないだまま、宮下さん、と呼びかける。

「ここに来る前に、帰らないつもりだって、言ってたよね？」

「うん」

「死ぬつもりだった？」

「わからない」

宮下さんは、ほんとうに困ったような顔になった。わたしは彼女の手を握り直し、優しく諭すような声でつづける。

「制服濡れちゃったね」

「うん。下着も」

「そうだね。寒いね」

「うん」

「やっぱり帰ろうよ」

宮下さんの手を握ったまま言う。丁寧に、ゆっくりと。

指先に力をこめて。

「帰ろう」

彼女は呆けたようにわたしを見つめ返し、やがて、こっくりと頷いた。幼い子どものような、あどけない瞳で。

わたしは安堵し、息を細く吐き出した。彼女の手を借りて立ち上がり、重く湿ったスカートから砂粒を払い落とす。そのまま歩き出そうとすると、佐藤さん、と呼び止められた。

「最後に、寄りたいところがあるんだけど」

ついてきてくれる、と訊ねられて、わたしはうなずいた。

冷たい風が、濡れた肌をひやしてゆく。鼻を啜ると、海水が鼻腔の奥まで一気に入り込んできて、つんとした。頭痛はすこしずつ、おさまってきている。じきに、白い雨は止むだろう。

鳥の群れが、空を横切ってゆく。雲の裂け目から洩(も)れた光が滝のようになだれおち、海面を白く射し染めた。

びしょ濡れのまま電車に乗り、数時間前に辿った道を引き返した。周りの乗客たちは伏し目がちに、不審そうな視線をわたしたちに投げかけている。あちこちから聞こえる囁き声。

こちらをちらりと見て、すぐに携帯に何かを打ちこむ中学生もいた。

宮下さんは自分の足元にできた水たまりを見つめている。スカートの裾から、ぽとぽとと一定の間隔で水滴が落下し続けている。電車の振動にあわせて震える、ちいさなうみ。

学校のある駅で一旦降りて、バスに乗り換える。目的の場所に着いた頃には、もうほとんど陽が暮れかけていた。薄闇に染まりおちる街のなかで、水族館は一際濃い影となってそびえたっていた。チケット売り場の女性はわたしたちの姿を見て一瞬口をつぐみ、それから困ったように「あと十五分ほどで閉館になりますが」と言った。宮下さんはかまわずくしゃくしゃに濡れて丸まった紙幣をカウンターに投げだし、受けとったチケットの一枚をわたしに押しつけた。

わたしたちは、うすぐらい水の迷路のような館内をひたすら歩いた。順路を無視し、長い廊下にずらりと並んだちいさな水槽をすべて通りすぎ、黙々と歩きつづけた。透明な箱に封じこめられた魚たちが、にごった瞳でわたしたちをみている。ふりそそぐ何千何万の青い視線を浴びながら、わたしたちは昏冥の淵をすすんだ。水のにおいと冷気が、ガラスの表面から匂いたち、靄となってゆらぐ。ぽつぽつと灯っている照明は、結露したせいか淡くかすんでいる。月のひかりみたいだ、とおもった。

夜の底、ふたりの少女が硝子の庭をゆく。魚たちは宙に舞い、その陰翳を水底に落としている。やわらかい月白色の光が水に融け、宙にほぐれ、ふたつの空間を綯いあわせる。あたりは、深海のような静けさに充ちていた。

唐突に、宮下さんが立ち止まった。顔をあげると、目の前にはクラゲの水槽があった。

くらやみのなかに浮かぶ、ひかりのせかい。巨大なクラゲが、レースのようにこまやかな尾を曳いてゆうらりと浮遊している。体表を蔽いつくしている繊毛の一本一本には、微かに放電しているような蒼い燐光（りんこう）がまつわりつき、傘がなみうつたびに靡（なび）いた。光は水中でほどけ散り、闇に舞う粉塵を銀いろに照らしだしている。

宮下さんは両手をぺったりと硝子におしあてて、ちいさな宇宙に見入っていた。水槽よりももっと遠い、青い涯（はて）。わたしのしらない、世界中のだれもしらない、彼女だけの群青を。

「叶子」

いとおしむように、ひとつの名前が呟かれた。宮下さんは泣いていた。からだをこまかく震わせて、声を殺して、泣いていた。

彼女も、あのときの記憶にしがみついて生きているのだ。治りかけた傷口を何度も何度も弄って、その痛みで自分を支えている。自傷をやめ、傷が完治したそのとき、わたしたちはこの狂おしい痛みを忘れて、ほんとうの大人になれるのだろうか。

わたしは水槽からそっと離れて、宮下さんの背中を見つめた。それから硝子の向こうにひろがっている、限りなくうつくしい世界を、見た。この瞬間に十七歳のわたしたちがたしかに存在していたことを、いつまでも覚えておけるように。わたしは見つめつづけた。

エクレール

――おわりのない嵐がつづいている。何日も。何年も。いつからはじまったのか、おぼえている者はいない。呪いのような永遠の嵐が、ひとけのない寒村を日々荒らしている。

男はあおぐろく老いた指さきで、窓にふれた。大気の汚れをたっぷり含んだ黒い雨水が、硝子(ガラス)のすきまから洩(も)れだしている。今朝はとくに気温が低い。まだ狩りができていた頃に得た毛皮も、すべて売り払ってしまった。手元にのこっているのは、虫喰いだらけで黴(かび)の生えた毛布だけだ。

錆(さ)びたステンレスの平皿から塩水をすすりながら、彼は天井を見上げる。風が吹くたび、梁(はり)は身じろぎするように軋(きし)みをあげていた。いつ崩れ落ちてきてもおかしくないが、老人ひとりでは小屋の修繕などできない。嵐の季節がおわらないことを悟(さと)った村人たちは、ほとんどが去っていった。身を寄せるあてがなくのこった人びとも、皮膚が溶ける奇病に次々と倒れ、いまは彼だけが沼のほとりに住んでいる。

痛む関節をおさえながら立ちあがる。備蓄していた干し肉もコメも、昨夜食べ尽くしてしまった。腹が減って仕方ない。外に出たとたん、するどい雨滴が頬を打った。たちまちゴム靴のなかに泥水が流れこんでくる。かつて畑だったところも、道も、橋も、鐘楼も、いまは見る影もない。ぐじゅぐじゅとした黒い漿液のような泥がどこまでもひろがり、すさまじい腐臭をはなっている。

沼は氾濫をつづけ、いまや陸地との境界すらあいまいになっていた。いたるところで、ちいさな魚がはねている。鱗が腫れて赤く変色した、病気の魚。浮腫で呼吸器が圧迫され、苦しくなって水面ちかくに浮かんでくるのだ。彼は膝まで泥につかって、仕かけた罠にかかった魚を一匹つかまえた。ナイフで鱗を削ぎとり、空腹に耐えかねて生のまま齧りつく。わずかな身を噛みしめると、鉄のにおいがした。

土地も、魚も、永い嵐によってかたちをゆがめられ、すこしずつ狂ってゆく。自分もそうなのだろうか、と彼は思う。気づいていないだけで、ほんとうはとっくにおかしくなってしまっているのだろうか。横なぐりの雨のなか、彼は立ったまま、ひとりで魚を貪りつづける。

＊

朝起きると、まず水槽の前にひざまずく。反射した僕の顔のむこうに、ゆっくりと上下する鱗が見える。とろりと紅い円い瞳は、宙の一点をとらえてうごかない。蛇には瞼がないから わかりにくいけれど、おそらくまだ眠っているのだろう。硝子のむこうに悠然と横たわる白い肢体は、夢のつづきのように美しい。

アカネは、僕が十歳のときに叔父の裕輔さんから譲ってもらったコーンスネークだ。六年前は華奢（きゃしゃ）だった彼女も今では体長一メートルを越え、アダルトマウスをまるのみする。

そういえば、と僕は壁のカレンダーに視線を移す。今週末、裕輔さんが半年ぶりに東京から帰ってくる。久々にアカネを水槽から出して、ハンドリングしてもいいかもしれない。

制服に着替えてリビングに向かう。母はまだ寝ている時間だ。顔を洗ってから、いつもどおり朝ごはんの支度をする。葱（ねぎ）入りの卵焼き、インスタントの味噌汁。かんたんな料理でも、きちんと器に盛りつけると、食卓がすっきり整って心地良い。

昨夜炊いておいた白飯でおにぎりを五個つくり、味噌と砂糖と醤油を混ぜて表面に塗る。トースターで炙（あぶ）ってほおばると、香ばしく焦（こ）げたたれの味が口いっぱいに広がった。思いのほかおいしくて嬉しくなる。ふたつはランチボックスに入れ、のこりは卵焼きと一緒に冷蔵庫にしまった。母の朝食用だ。

洗いものを済ませて洗面所で寝ぐせを濡らして直していると、玄関のチャイムが鳴った。急いでリュックを背負い、ドアをあける。

「おはよー。今日も雨だぞ」

三月（みつき）だった。いくつもあいたピアスに、ゆるくパーマをかけた茶髪。湿気のせいかいつもより髪がうねっている。

彼は読書部の同期で、通学路の途中に僕の住んでいるマンションが位置するらしく、毎朝こうして迎えにきてくれる。傘をさして隣に並ぶと、「琥珀（こはく）、なんか顔色悪くない？」と覗きこまれた。

「大丈夫。昨日遅くまで起きてただけ」

「どうせまた本読んでたんだろ」

「まあ、そんな感じ」

大通りに出ると、おなじ制服の生徒の姿が一気に増えた。家から近いという理由で進学を決めた高校が、裕輔さんの母校だと知ったのは願書を出したあとのことだった。

制服かっこよくなってるじゃん、おれのときと全然ちがうよ、と裕輔さんは笑った。それもそうか。卒業から十年以上経ってるんだもんな。

「今日の朗読会の本、俺は夏目漱石の『夢十夜』にしたよ。教科書で第一夜だけ読んでなんかいいなって思って、文庫本買ってきた」

「僕はタブッキの作品にする。これも夢の話だよ」

「へえ。どこの国の作家?」

「イタリア」

みつきおはよー、と女の子の声がした。あかるい髪色の女の子たちと、制服を着崩した男子の集団が、横を通りすぎてゆく。三月のクラスメイトだろう。手をふって応えながら、三月は言った。

「放課後たのしみにしてる。俺、琥珀のえらぶ本いつも好きだから」

校門の手前で別れ、僕はひとりで教室へ向かった。始業のチャイムとともにやってきた数学教師が、今日のメインは先週のテスト返しだと告げる。

いつしか雨は小降りになり、雲の切れ間からわずかに陽が射していた。濡れたグラウンドが、沼のように鈍くひかっている。降り立ったコサギが泥に足をとられてバランスを崩しかけ、逃げるように飛んでゆく。

ぼんやり眺めていると、「次は峡。峡琥珀」と教師の声がした。教壇の前に立つと、教師は「今回もよく頑張ったな」と解答用紙を渡してくれた。九十八点。予想よりも点数が取れていて、ほっとする。

勉強は楽しい。解をめざして思考を研いでゆく感覚が心地良いし、なによりたくさん字が書ける。昔から、文字を書くことそのものが好きだった。裕輔さんに薦められて、小学校四年生まで近所の習字教室に通っていた。字が下手な母に頼まれ、書類を代筆したこともある。あるていど上達したところで、自分から教室を辞めた。習字は楽しかったし、両親もつづけるよう言ってくれたけれど、これ以上うまくなれる見込みはなく、月謝がもったいないと判断した。裕輔さんに伝えると、「琥珀は大人みたいな考えかたをするな」と困ったように微笑んだ。

授業をやり過ごし、いつもどおり本を読みながらひとりで昼食をたべた。午後の授業と掃除が終わると、ようやく放課になった。

「琥珀！　部活行こ！」

チャイムと同時に、三月は毎日僕の教室までやってくる。染髪とピアスと声の大きさのせいで、彼はなにかと目立つ。最初の頃は「どうして峡くんと森田が？」「仲良いの？　なんで？」とクラスメイトたちが訝しげに囁いていたが、慣れたのか今はだれも気にしない。

外に出ると、雨は止んでいた。ふわふわと揺れる三月の髪が、雲間から射す陽ざしをうけて金色に透けている。濡れた煉瓦の小道を踏んで森を抜け、僕たちは図書館へ向かった。巨大なガゼボを思わせる八角形の屋根をもつ、蔦に覆われた建物。樫の扉を押すと、水があふれるようにドビュッシーのピアノが流れてきた。

窓の外の樹々が風に揺れるたび、床に落ちた木漏れ日も美しく踊る。見とれていると、ふわりと甘い匂いがした。

「肌寒いから、今日はココアね」

司書の先生から渡されたマグを受けとり、ロフトに上がる。僕と三月は苔いろのソファ、司書さんは古びたウォールナットのチェアにそれぞれ坐り、卓袱台を囲んだ。

「えっと、前は琥珀が先だったよな。今日の朗読は俺からか」

三月がココアをすすりながら言う。月に一回おこなわれる読書部の朗読会では、僕と三月がそれぞれえらんだ短篇を、互いに交換して読みあげる。最後に司書さんが感想を述べ、さらに関連した本をおすすめしてくれる。

僕はリュックから取り出したコピーをふたりに手渡した。

「アントニオ・タブッキの『夢のなかの夢』は、過去の芸術家たちが見たかもしれない夢、というテーマで書かれた短篇集です。今日はそのなかから、詩人について書かれた作品を選びました」

三月はマグを机に置き、手元に視線を落とした。息を吸い、ちいさく口をひらく。

「――一八二七年一二月初旬のある晩、美しいピサの町のファッジョーラ街で、町を襲った大寒波をしのごうと二枚の煎餅布団にくるまっていた詩人にして月に魅せられた男、ジャコモ・レオパルディはある夢を見た――」

低く落ち着いた、なめらかな声。いつもとはまるで別人だ。

最初に聴いたときは、ひどく驚いた。どこかで朗読を習ったのかと訊くと、彼は笑って首を横に振った。習ってねえよ。できるだけ大事に読もうとしてるだけ。

「――砂漠のつきあたりまで行って、丘を廻っていくと、その丘の麓に店が一軒立っていた。総ガラス張りのきれいな菓子屋で、銀色の明かりがきらめいていた――黄緑のピスタチオのケーキに葡萄色の木苺のケーキ、黄色のレモン・ケーキに薔薇色のイチゴ・ケーキ――」

司書さんはうっとりと瞼を下ろしている。僕も目を閉じ、三月の声に耳を傾けた。言葉のつらなりが美しい砂糖細工となって、まなうらをいろとりどりに過ぎてゆく。

「――シルヴィア、いとしいシルヴィア、かの女の手をとりながらレオパルディは呼びかけた。また逢えるなんて夢のようだ。でもどうして銀のからだをしているの？――あなたは眠っているだけ、そして月を夢見ているのよ――」

最後の一文を読み終えた三月に、僕たちは拍手した。

「今日もすごくよかったよ」

「読書部を作った生徒のことを思い出すわ。彼もすごく朗読が上手だったから」

三月は照れたように笑って、「次はおまえ」とコピー用紙を押しつけてきた。『夢十夜』の第七夜。三月ほど上手くは読めないけれど、せめてつっかえないように。おおきく息を吸って、吐く。

「——何でも大きな船に乗っている。この船が毎日毎夜すこしの絶間なく黒い煙を吐いて浪を切って進んで行く。凄じい音である。けれども何処へ行くんだか分らない——」

読みあげながら、頭の片隅で僕はとある世界を思いうかべる。たったひとりで、沼のほとりに暮らす老いた男。叩きつけるような豪雨のなか、彼は一日一日を虚しく孤独に暮らしつづけている。

「——自分は益つまらなくなった。とうとう死ぬ事に決心した。それである晩、あたりに人の居ない時分、思い切って海の中へ飛び込んだ。ところが——自分の足が甲板を離れて、船と縁が切れたその刹那に、急に命が惜くなった。心の底からよせばよかったと思った。けれども、もう遅い——」

男はやがて餓えに耐えきれず、粗末な小屋を離れることを決めるだろう。のちにその選択をどれほど悔いるかも知らずに。わずかな希望を抱いて扉をあけ、嵐のなかへ出てゆくだろう。

「——そのうち船は例の通り黒い煙を吐いて、通り過ぎてしまった。自分は何処へ行くんだか判らない船でも、やっぱり乗っている方がよかったと始めて悟りながら、しかもその悟りを利用する事が出来ずに、無限の後悔と恐怖とを抱いて黒い波の方へ静かに落ちて行った

――」

　読み終えた僕は息を吐き、顔をあげた。窓から射す陽ざしが眩しい。ステンドグラスのあざやかなひかりに、暗い船や嵐の沼の幻がたちまち溶け消えてゆく。

「森田くん、峡くん、ありがとう。おなじ夢がテーマの作品でも、ずいぶんテイストのちがう二作だったね」

「三月、なんで第七夜をえらんだの？」

　彼はすこし首を傾けた。

「妙に印象にのこったんだよな。初めて読んだときは怖い話だと思ったんだけど、なんか、ちょっと懐かしい感じもして。俺もこういう夢を何回も見た気がするっていうか」

「もしかしたら、ほんとうに夢で見ていたのかもしれないよ。あるいは、生まれる前の景色かも」

　司書さんは笑って言い、タブッキと漱石についてそれぞれ他の作品をいくつか薦めてくれた。『夢十夜』は映画化されたこともある、という話の途中で部活終了のチャイムが鳴った。

「閉館までまだ時間があるから、ゆっくりしていって」

　司書さんがカウンターに戻ると、僕と三月はそれぞれの本を手にソファに沈みこんだ。三月はさっそく、司書さんに教えてもらったタブッキの『インド夜想曲』をひらいている。僕は『夢のなかの夢』をぱらぱらとめくりながら、ぬるくなったココアをのむ。ふたりでそれぞれ別の本を読んで過ごすこの時間が、僕はとても好きだ。

読書部の存在を知ったのは、入学時に配られた部活紹介の冊子でだった。この学校では、校則によってすべての生徒が部活動に参加することが定められている。運動部の大きな写真がひしめくなか、片隅に記された「読書部　新入部員募集中！」という小さな文字に僕は目をとめた。文芸部ではなく読書部ということは、ひたすらみんなで本を読み続けるのだろうか。「今年度入部なしの場合は廃部予定」ともある。

読書は、子どもの頃から好きだった。母が遊びや買い物に出かけるとき、きまって僕を近所の図書館に放りこんでいったからだ。読書の習慣は今もつづいていて、本はいつでも持ち歩いている。読書が活動として認められるのなら、これほど楽な部活はない。

体験入部に訪れると、司書さんから現部員はゼロだと告げられた。見学にきたのは僕と、隣のクラスの三月だった。彼はピアスを揺らしながら、司書さんや僕に「珍しい部活ですよね。いつからあるんですか？」「本好きなの？　最近なにか読んだ？」などと話しかけてきた。

勢いに圧倒されながら、「なんで読書部に入ろうと思ったの？」と訊き返すと、彼は「今までぜんぜん本を読んでこなかったから、あえて入部してみようかなと思って」と笑った。三月は人見知りも物怖じも一切しない。いつも奔放ですこやかな彼の姿勢に、僕はひっそりと敬意を抱いている。

「そうだ。峡くんにこれを渡そうと思って忘れてた」

ふいにロフトに司書さんが顔を出した。僕に一枚のチラシを差しだす。

「あなた、いつもたくさん本を読んでるでしょう。自分でもなにか書いてみたいと思ったことはない？」

紙面を見た瞬間、すっと目の奥が冷たくなった。

高校生のための文学賞。原稿用紙で五十枚程度から百枚。八月末締め切り。

顔を上げると、司書さんが期待するように微笑んでいる。なにか言わないと。言葉を探しながら口をひらいたとき、「うわっ」とおおきな声がした。

「ココアこぼしちゃったんだけど。最悪」

見ると、三月のシャツに黒いしみが散っている。

「あら、大丈夫？　しみ取りできるもの探すから、いっしょにきて」

司書さんと三月があわただしく階下へ降りてゆく。気づかないうちに握りしめていたのか、チラシはくしゃくしゃになっていた。どうしていいかわからず、ひとまずリュックの底にしまいこむ。

息を吐いて、ソファに腰をおろした。ココアはとうに冷め、表面には泥濘（でいねい）に似た膜（まく）が張っている。口をつけるとどろりと舌に絡みついてきて、僕は一人でえずいた。

図書館を出ると、外はまだ明るかった。隣を歩く三月に、僕はこわごわ訊いた。

「さっきの、しみにならなかった？」

「ぜんぜん。司書さんがすぐ綺麗にしてくれたから」

「そっか。よかった」

続けて僕は言った。

「三月。ココアこぼしたの、わざとだよね」

こちらに振り向いた三月は、「よく見てるなあ」と笑った。

「琥珀が困ってるようにみえたから。でも、俺が勝手にやっただけだよ。気にすんな」

よく見ているのは三月の方だ、と僕は思う。彼はいつもふざけているのに、先生に叱られたことが一度もないのだと、だれかが言っていたのを聞いたことがある。

他人との距離のはかりかたがうまいのだ。さきほどの行動もそうだし、今だって、僕がどうして困っていたのかまでは訊いてこない。感情の機微(きび)に敏感で、そのときどきの最善を直観で選びとっている。彼の聡明に救われているのは、きっと僕だけじゃないのだろう。

「三月、ありがとう」

「なんの礼だよ。じゃ、また明日な」

夕陽の逆光を浴びて、三月の茶髪がほとんど金色にひかっていた。眩(まばゆ)さに目を細めながら手を振り返し、玄関に足を踏み入れる。とたんに、湿ったくらやみがあふれだした。

リビングのカーテンは閉め切られていて、物の輪郭だけが仄(ほの)かに浮かんでみえる。部屋の中央に小舟のように浮かべたソファで、母が寝そべっていた。電気もつけず、どうやら漫画を読んでいるらしい。ソファからこぼれおちた長い黒髪が、つややかにひかっている。

テーブルに積まれた大量の漫画本に押されたのか、いくつか倒れた写真立てを直す。おおきな瞳の幼子(おさなご)が、こちらをじっと見ている写真。ピースしている写真。両親と三人で、大きく笑っている写真。

「おかえり、琥珀」

僕に気づいた母が、無造作に体を起こして微笑んだ。「これみて」と単行本の山を指す。

「料理教室で知り合った女の子が貸してくれたの。少年漫画だけど、すごく読みやすくて面白いのよ。琥珀も読む？」

「あとでね。夕飯なに食べたい？」

「今日は修二さんが帰ってくるの。ごはん買ってきてって頼んであるから、だいじょうぶ」

ほどなく、紙袋を抱えた父が帰宅した。ポテトサラダ、ローストチキン、生春巻き。デパ地下の紙袋から皿に移された料理は、すべて母の好物だ。食事中、母は最近通いはじめた料理教室について、ひたすら喋りつづけた。

母は昔から家事が苦手だった。料理も掃除も細部までゆきとどかず、結局だれかがやり直すはめになる。本人は懸命に努力しているのだが、とにかく不器用なのだ。ふだんは父と僕で家事を分担しているが、失敗のたびに自分を責め、自室にこもってしまう母を見かねて、父が提案したのが料理教室だった。

「今日はマリネとローストビーフを作ったのよ。マリネは材料を混ぜるだけですごく簡単だったから、今度おうちでもやってみるね」

無理だろう、と僕は思う。材料も道具もレシピも、すべてがお膳立てされた環境だからこそ、母にも料理ができたのだ。

母のやっていることはただのままごとだ。父も、本気で母に料理できるようになってほしいとは思っていないはずだ。たとえ一瞬でも母の憂いを取り除くことができれば、父はそれで満足なのだ。

「お友だちもできたのよ。大学生の女の子で、初回も今日もいっしょのテーブルだったの。同じくらいの歳だと思ってたみたいで、高校生の息子がいるって言ったらびっくりしてたわ。可愛い子よ。今度うちに招待しようかな」

母は人見知りせず、自分から積極的に話しかけにいくタイプだ。にもかかわらず、長い付き合いのある友人はいない。

仕事をしておらず、趣味もない。物事を深く考えることが苦手で、意見を求められると返答に窮する。母の見た目に惹かれて近づいてきた人たちも、空気を押すような手ごたえのない会話に飽いて、ほどなく去ってゆく。

口のまわりにローストチキンのソースをべったりつけたまま、母が微笑む。うつくしい顔だ、と息子の僕でも思う。実際、母より整った顔の人間を間近で見たことは一度もない。けれど、母はからっぽだ。あらゆることに無自覚で、なにも成さず、期待もされず、場当たり的な幸福を父から与えられながら、なんとかここまで生きてきた。

もしかしたら、と思う。もしかしたら僕だってそうなのかもしれない。母のいっときの暇つぶしのため、父が手渡した玩具。

食後、父が冷蔵庫から美しいロゴの入った白い箱を出してきた。母の大好きな、海外ブランドのチーズケーキ。

「素敵。最初のひとくちは琥珀にあげるね」

チーズケーキは苦手だと何度言っても、母はすぐ忘れてしまう。差し出されるままひときれ食べると、酸味を含んだ独特のにおいが口のなかに広がり、微かに吐き気がした。母はうれしそうにケーキをほおばり、「おいしいね」とあどけなく笑う。

*

魚が罠にかからなくなって、もう二日がたつ。ついにさいごの一匹まで獲りつくしてしまったのだろうか。あるいは、病にやられてすべての魚が死んでしまったのか。この小屋を捨てるときがきたのかもしれない、と彼はおもう。とはいえ、あてがあるわけではない。依然、空はひどく荒れている。村を出たところで、すぐに行き倒れることは目に見えている。けれどどこでうずくまっていても、やはり飢えて力尽きるだけだ。それにもしかしたら、自分とおなじように暮らしている人間と出会えるかもしれない。

かすかな希望をいだいた彼は、襤褸の外套をまとい、虫喰いだらけの手袋と靴下を身につけた。何十年もこの小屋で暮らしたが、未練はなかった。もってゆく価値のあるものはなにもない。饐えたにおいのこもった部屋を一瞥し、彼は扉をあけた。

たちまち凍るような風が吹きつけて、手足が一瞬で冷えきった。空は鉛いろ。雨が弾丸のように降りつづけている。烈しい水煙で、数歩先もよくみえない。顔の皮膚がちりちりと灼けるように痛む。もうなんども経験した苦痛、よく知った寒さにもかかわらず、彼は初めて嵐に遭ったかのように打ちのめされた。

低くうめきながら、一歩踏みだす。さらに一歩。ぬかるみが足のかたちに沈む。引き抜くと、すぐもとにもどる。まるで最初から彼などいなかったかのように。嵐はいよいよいきおいを増してゆく。

*

約束していた時間の十分前に待ち合わせ場所に着くと、すでに裕輔さんの姿があった。ごったがえす駅前広場で、彼はすぐに僕を見つけてくれた。

「久しぶり、琥珀。元気だった?」

笑って手を振る彼の目の下には、深い陰が刻まれている。肌は荒れ、声もざらついていた。裕輔さんは今、東京でプログラマーとして働いている。就職したあともたくさんの勉強が必要な仕事なのだと、前に話してくれた。そのうえ家事もひとりでこなさなければならないのだから、日々の忙しさは想像もできない。

「もうおじいちゃんとおばあちゃんの家には行った?」

「うん。荷物だけ置いて出てきたよ。夕方には戻るつもり」

駅から数十分歩くと、急に視界がひらけた。あおあおとした芝生がひろがり、たくさんの家族連れが歩いている。まあたらしい遊具には、ちいさな子どもたちがむらがっている。午後の陽ざしが、ひとびとの輪郭をほんのりと白くふちどっていた。

「ここ、もともとは植物園と水族館だったんだよ」

裕輔さんがぽつりと言った。

「最近、跡地が整備されたとは聞いてたけど。こんな立派な公園になったんだな」

遊具の群れを過ぎると、樹々がだんだん密集して森のようになってゆく。定期的に枝が払われているのか、あかるい陽ざしが地面までとどいていた。きっちりと木道が敷かれ、下生えも刈られている。清潔だけれど、なんだか箱庭みたいだと思う。丁寧に仕立てられた、人工の森。

「そういえば、翡翠は最近どんな感じ？」

前をゆく裕輔さんが、なにげないふうに訊ねる。

「あいかわらずだよ。何も変わってない」

僕は木の幹に目を止めた。大きくささくれた樹皮に、金色の液体が滲んでいる。

小学生の頃、自分の名前の由来を授業で発表することになった。けれどいくら母に訊いても、「とてもきれいな宝石の名前よ」としか答えてくれない。仕方なく、宝石としての琥珀について自分で調べた。樹液とは木の養液で、樹液が固まったものを樹脂と呼ぶ。さらに樹脂が土砂などに埋もれ、長い時間をかけて石化したものが琥珀である。

図鑑に載っていた写真はたしかにうつくしかったけれど、でもそれだけだ。幹の裂け目から洩れだした樹の体液。傷口を金色にふちどる血液。どうしてそんなものを、母は理由もなく僕に与えたのか。ほかの子どもたちは、愛を、つよさを、優しさを、願われた証として、いろとりどりの由来から成る名前をネックレスのように提げているのに。

林を抜けると広場に出た。中央に据えられたおおきな噴水が、硝子のような飛沫を宙に撒いている。近くのベンチに、裕輔さんと並んで腰かけた。目の前を、赤い帽子をかぶった園児たちが保育士に引率されて歩いてゆく。噴水が高くあがるたび、歓声がひびく。楽しそうにはしゃぐ子もいれば、なにもわかっていない様子でぼんやりと引っ張られてゆく子もいる。

リビングに飾られている、おびただしい数の写真を思い出す。人間ばなれした、美しいこどもの写真。きわやかにひかるかんばせ。まるで、母の生き写しのような。

当時のことは、もちろん記憶にない。どれだけたくさん見せられても、写真のなかで微笑むこどもが、かつての自分だとは思えなかった。

ただ、母に抱かれながら言われた言葉だけはおぼえている。何度も何度も、子守歌のようにくりかえしささやかれた音。意味を知るのは、ずっとあとのことだ。

——うんと美しくなってほしい。わたしより、もっと、ずっと。美しくて、賢い子になってほしい。

「学校はどう？　部活はどこにした？」

裕輔さんに訊かれて、我に返った。

「読書部だよ」

「あ、知ってる。朗読とかするんだろ」

十年も前から存在する部活だったのか、とすこし驚く。

「裕輔さんは何部だったの？」

「おれのときは校則もゆるかったからな。運動部を掛け持ちっていうか、助っ人に呼ばれたら行く、みたいな感じだった。昔は琥珀ともサッカーして遊んだな」

僕の街にある大学に進学すると、裕輔さんはほぼ毎週のように家に遊びにきてくれた。小学生の僕にとって、彼は叔父というより、年の離れた兄のようだった。ふらふらと一人で出かけてばかりの母と、出張でほとんど家に帰ってこない父に代わって、いつも僕と遊んでくれた優しい兄。

「クラスはどんな感じ？　気になる子はできた？」

冗談半分に裕輔さんが言う。

「おなじクラスではないけど、いっしょにいて楽しい子はいるよ。裕輔さんは今パートナーいる？」

彼は笑って首を横に振った。

「もう何年もいないよ。付き合っても、一ヵ月とかで振られちゃうんだよな。長続きしないっていうか」

「どうして？」

「どうしてだろう。おれが好きになった女のひとは、心からおれのことを好きになってくれないんだよ。ぜったいに」

すこし考えて、僕は言った。

「そういう人ばかり、裕輔さんが選んで好きになってるんじゃない？　理由はわからないけど」

彼は目を見開き、それから笑った。

「そうかもしれないな。琥珀は賢いな」

いつのまにか園児たちはいなくなっていた。陽ざしがすこしずつ傾きはじめている。そろそろ戻ろうか、と裕輔さんが立ちあがった。

「修二さんはまだ出張ばっかり？」

「うん。お父さんとは長いあいだちゃんと話してない。どんどん存在感がなくなってるっていうか。透明な仙人みたい」

「おれも、昔からあの人の考えてることはよくわからないんだよなあ」

首をかしげる彼に、僕は思いきって言ってみた。

「僕には、お父さんが僕やお母さんから逃げまわっているようにみえる。すごく無責任だと思う」

裕輔さんはしばらく口をつぐんでから、言った。

「たぶん彼は、翡翠を妻にしたことで、この世における自分の責任は全て果たしたと思っているんだよ」

甲高い笑い声をあげて、ふたりの子どもが目の前を駆けていった。追いかけるように小型犬が走ってゆき、そのうしろから両親らしい男女がゆっくり歩いてくる。夕方のひかりで、公園全体が蜜に浸ったように濡れていた。長く伸びたひとびとの影さえ、かすかにオレンジがかっている。

公園の出口に向かって歩きながら、僕は言った。

「ねえ、これからうちに来ない？　アカネを見ていってよ」

大学を卒業して上京するとき、会社の寮には蛇を連れていけないと困っていた彼に声をかけ、アカネを譲ってもらったのだ。彼が今でもアカネを大事に思っていることは知っていた。それにまだ、話したいことがあった。まだ誰にも話していないこと。彼になら、もしかしたら言えるかもしれないこと——。

けれど裕輔さんは、首を横に振った。

「夜にリモートで、仕事の打ち合わせがあるんだ。それに、明日の朝には東京に戻らないと」

申し訳なさそうに言う裕輔さんに、「残念だな」と僕は笑ってみせた。

「裕輔さんが僕のお父さんだったらよかったのに」

彼はぎこちなく微笑んだ。

「翡翠と結婚するのはごめんだよ」

祖父母の家に向かう裕輔さんと駅で別れ、ひとりで電車に乗った。仕方ない、と僕は自分に言いきかせる。彼には彼の大事な世界があるのだ。それに裕輔さんが家に来てくれたとしても、ちゃんと話せたかどうかはわからない。

住宅街のあいだに、巨大な太陽が落ちてゆく。眩い光で埋め尽くされた景色のなかに、ときおりぼんやりと僕の顔が反射する。すこし癖のある黒髪に、一重の瞳。とびぬけて美しくも醜(みにく)くもない。どこにでもいる、ありきたりの十六歳。

裕輔さんと話すのは楽しい。アカネの世話も、三月とのやりとりも、放課後の読書も。ゆるやかに充たされてゆくような、快適で心地良い日々を、僕は僕自身のために築き、整えてきた。

それなのに。

いつも地面がぐらついているように感じるのはなぜだろう。

まるで、台風の目のなかにいるようだ。ほんのつかのまの、不穏な凪。すぐそこまで迫っている嵐。いつまた荒れるかわからなくて、心のどこかでずっと怯(おび)えている。

――美しくなってほしい。わたしより、もっと、ずっと。

僕は目を閉じて、溢(あふ)れだすひかりから自分を引き剥がした。

*

村を出てから、どれほど歩きつづけただろう。雨は絶えず降っている。疲労や眠気が限界に達すると、男は木の根や岩のすきまに体をねじいれて休息をとった。腹が減ると、わずかにのこった枯草や、飢えて死んだ獣の腐肉を、手あたりしだい口にいれた。泥濘になんども足をとられて転んだ。汗と体臭と汚泥で、衣服はすさまじい悪臭を放っていた。どこか屋根のあるところで体を休めたかったが、ほかの集落の気配はない。

　ある朝、めずらしく雨が小降りになって、かわりに濃霧がでていた。岩陰で休んでいた男は、いまのうちに歩をすすめようと起きあがった。痛む足を引きずり、腐敗した牛乳のように濁(にご)った霧のなかをすすんでいると、ふいに右足がずぶりとつめたいかたまりにつつまれた。あわててひきぬくと、ぐっしょり濡れている。

　そこは、おおきな水辺だった。霧で見とおしが悪いが、かなりひろい湖らしい。深さがわからないうえに水温は低く、とうてい渡れそうにない。しかたなく迂回しようと、彼は岸に沿って歩きはじめた。霧のすきまから、ときおり水面がかいま見える。そこにはさまざまなものが浮き沈みしていた。油膜、鼠(ねずみ)の死骸、灰色の骨、枯れた水草、硝子瓶。水辺と陸の境界はあいまいで、大気の湿度が高い。膿のように粘ついたにおいがする。

　歩いていると、とおく向こうがわでなにかがひかったような気がした。目を凝らすが、霧のせいでよくみえない。もしかしたら人がいるのかもしれない、と彼は思う。嵐と病から生き残った者たちの集落が、もしかしたら。

　心臓の底が、わずかに熱くなる。だめだ。期待してはいけない。過度の希望は、かならず深い絶望へと変わる。それでも自然、足取りは早くなった。枯草を踏みしめて、彼は湿地をまっすぐ歩いてゆく。

*

僕と母は、昔からよく姉弟に間違えられた。

母は容姿も中身も、十代の少女と相違ない。仕事もせず家事もできず、百貨店やフリーマーケットで骨董や雑貨を買い集めては、部屋に飾って遊んでいる。母親というより、無力な姉のようだった。その無力さ、役に立たない美しさは、けれど周囲の人間の視線をどうしようもなく惹きつける。

目の前の鏡に、僕の顔が映っている。居間に飾られている写真のなかの僕と今の僕がおなじ人間だとは、自分でも思えない。かといって、目をそむけたくなるほど醜いわけでもない。ごく平凡な顔つき。

——今って簡単に整形ができるのね。

ある日、食卓で母にそう言われたときのことをはっきりと覚えている。

——おとなりの女の子、二重にしてもらったんだって。半日もかからなかったって言っていたわ。

僕に対する当てつけや皮肉では決してなかったと、今ならわかる。なぜそんな話を息子に対して持ち出したのか、自分でもわかっていなかったのだ。それを聞いた僕がどんなふうに感じるのかも。

母はいつだって、あらゆる物事に対し無自覚だった。自分の感情や思考のうごきすら、はっきりと認識していない。焦りも失望も憎しみも一切抱かず、母は意識下でゆっくりと僕への関心を失っていった。優しくてからっぽな、いつもの微笑みを湛えたまま。

あるときから、ぱったりと外出に誘われることがなくなった。前まで自由に出入りできた母の部屋が閉ざされたのは、美しい調度に僕が似つかわしくなくなった頃だ。授業参観や三者面談はきまってすっぽかされた。前に話したことをまるで覚えていなかった。いつからか、僕の顔をまっすぐ見てくれなくなった。

最初の頃は、ひとつひとつ過ち(あやま)を注意したり、傷ついたことを伝えていた。けれど母はいつでも、きょとんとするばかりだった。「私はそんなことしていない」と。

母は、天使に似ている。悪意も自覚も持たず、人の世の理を理解しない。ただひたすらに美しいだけのがらんどう。

「琥珀、大丈夫か?」

背後から声がして振り返る。トイレの手洗い場はひどく暗く、三月だとわかるまで数秒かかった。

「鏡の前でぼうっとしてるやつがいるなと思ったら、お前だったからびっくりしたよ。具合悪い?」

「ありがとう、大丈夫。部活行こう」

トイレから出ると、放課のチャイムが鳴った。教室に寄って荷物を取り、そのままふたりで図書館へ向かう。

晴れているのに、森の地面はうっすらと濡れていた。靴の底で湿った黒土が軋む。樹々の葉は、あかるいきみどりに照っていた。校庭の方から、ときおり楽しそうな笑い声が響く。

「そういや、こないだの朗読会で話そうと思ってたんだけどさ」

並んで歩きながら、三月が言った。

「俺、生まれてから一度も楽しい夢を見たことないんだよね」

「え？」

「俺が見る夢、毎回ぜんぶ悪夢なの」

三月は真面目な顔でつづける。

「子どもの頃、毎晩寝る前にじいちゃんの仏壇にお祈りしてたんだよ。怖い夢を見ませんようにって。何回も必死にお願いしてたんだけど、たぶん逆効果だったんだよな」

「……否定するためには、その状態をいったん思い浮かべないといけないから？」

「そうそう。怖い夢、って口に出した時点でもうだめだったんだ。自分で自分に呪いをかけてからベッドに入ってたってこと。もうお祈りはしてないけど、悪夢は今も毎晩つづいてる」

もう慣れたけどな、と三月はさらりと言う。

「これまで誰にも言ったことなかった。所詮(しょせん)夢だし、だからなんだよって感じだし、反応に困るかなって。でも琥珀だったら、そういうの気にせず、ただ聞いてくれそうな気がして」

木漏れ日が、僕たちの髪や肌をまだらに染めていた。三月の横顔も、明るくなったり暗くなったり、めまぐるしく変わってゆく。彼の瞳だけが、おだやかにひかりつづけていた。

「三月」

「ん？」

「僕、ずっと小説を書いてるんだ」

　三月は足を止めて、僕を見た。

「いま書いてるのは主人公が老人で、苦しいことばかり起きる話。醜いものや、傷や、飢えや、そういうもので溢れかえってる世界の話」

　いったん口に出すと、言葉は止まらなかった。三月の顔をまともに見られないまま、僕は続ける。

「今、僕は毎日充たされていると思う。家事も勉強も好きだし、部活も楽しいし、三月も、アカネもいる。なのに、なんであんな話を書いてしまうのか、自分でもわからないんだ。ほんとうはもっと楽しくて、あかるくて、きらきらしていて、読んだひとが幸せな気分になるような美しい物語を書きたいのに」

「なんで美しくないといけないんだ？」

　思ってもみなかった答えに、僕は一瞬たじろいだ。返事できないまま黙っていると、三月が言った。

「琥珀ってさ、成績は学年トップで、字が綺麗で、読書家で、めちゃくちゃきちんとしてるけど、なんていうか、いつも楽しそうじゃん。優等生ぶるためじゃなくて、ぜんぶ好きでやってる感じがして、それがすごく良いなって思ってて。

　小説もおんなじで、好きにやればいいんだよ。読んだやつの気分なんかどうでもいいよ。大事なのは、お前が書きたくて書いてるってことなんだから。琥珀が楽しいならそれでいい。

そんで、いつか俺に読ませてよ。なんでも読むよ、俺」

三月は一息に言い、ふたたび歩きはじめた。彼の背を追ううちに、だんだん体の力が抜けていった。さっきよりも息がしやすくなった気がして、自然に口元がゆるむ。

「僕、三月が好きだな」

そう言うと、三月は図書館の扉に手をかけながら「俺も琥珀が好きだよ」と笑った。


その夜、僕は早めに夕食を終えて自室に戻った。机の前に坐り、ノートパソコンをひらく。数年前に裕輔さんからお下がりでもらった、数世代前の型落ちだ。ネットには繋がず、テキストエディタだけを使っている。

初めて小説を書いたのは中学一年生のときだった。

読書しているうち、ふと文章を書きたくなって、ある日初めてキーを叩いた。長大な構想も、奇抜なアイデアも、伝えたいメッセージもなかった。僕にも何か書けるだろうかと思った。それだけだ。

そうして、短い話を書きあげた。互いに別れを悟った恋人同士が、ふたりで森を散歩するだけの話。それからつづけて、何作か書いてみた。

書きはじめたきっかけは曖昧(あいまい)でも、書きつづける理由は明確だった。単純に、楽しかったのだ。納得のいく一文が書けると、それだけで、今日という一日を生きてよかったと大げさでなく思うことができた。

昨日と今日。今日と明日。学校と家の往復。日々の家事。延々とくりかえされる日常に、意義が生じたような気がした。執筆はやがて習慣となり、今も毎晩机に向かいつづけている。

書きあげた作品を、誰かにみせたことはない。だれかに読んでもらうために書いているわけではないし、なによりどの作品も例外なく、暗いのだ。醜いイメージの羅列と、死と終末の悪臭。意図している訳ではなく、いつも筆が自然とそちらに進んでしまう。まるで、なにかの呪いのように。それでも文章を考えることはやっぱり楽しくて、昏い愉悦を噛みしめるように、毎晩ひっそりと書きつづけてきた。

勢い込んでパソコンをひらいたものの、つぎの言葉が出てこない。これまで書いた文章をぼんやり眺めていると、かたん、とちいさな物音がした。席を立ってアカネの水槽の前にひざまずき、中の様子を窺う。どうやら、身じろぎした拍子に飲み水の容器を倒してしまったらしい。

蓋をあけて直してやると、アカネは興味ぶかそうに僕の腕をながめた。やがて頭をもたげ、腕に体を這わせてのぼりはじめる。ひんやりした鱗の感触が、素肌に吸いつくようで心地よい。肢体をくねらせながら、アカネは肩から脇、首へ、ゆるゆると移動してゆく。

蛇を体にまとわりつかせたまま、僕は床に寝転がった。リモコンで照明を落とすと、室内はあおじろく耀きはじめた。窓から、あかるい月のひかりがたっぷりと射しこんでいる。

なんだか、死体になったみたいだ。

そう思った瞬間、部屋の床が黒土に変わった。雨風が吹きすさぶ荒れ地。雨にうたれるうちに皮膚が溶けて毛髪が抜け、内臓がどろりと腐って流れだす。頭蓋の眼窩（がんか）から白蛇がするりともぐりこみ、湿った空洞にこびりついた腐肉を静かに舐（な）めはじめる。

昏い官能のイメージに揺蕩（たゆた）っていると、ふいに三月の言葉が閃光のように脳裏で弾けた。

――なんで美しくないといけないんだ？

そうだ。彼の言うとおりだ。僕はなぜ、自分の世界を否定してしまうのだろう。作品だけじゃない。僕は長いあいだ、僕の顔が嫌いだった。自分の名前が疎（うと）ましかった。自分の成長が許せなかった。

かつての僕は美しかった。名前のとおり、母にとって唯一無二の宝石だった。美の王国の天辺でひかりかがやく、黄金色の宝石。けれど育ってゆくにつれて、母のいる場所からどんどん遠ざかっていった。今は、美のなごりとして琥珀の名を虚しく冠しているだけ。

このままではいけないと、あるとき思った。いくら嘆いても、苦しいばかりでなにも変わらない。昔の顔には戻れないし、母がふたたび僕に関心をもつことは多分もうない。

そうして僕は、すべてを終わったことにした。かつては母の言葉にひどく傷ついた。たくさん悩んだこともあった。でも、もういい。もう終わった。すべては過去だ。痛みはとうに去った。そう思えるよう、「今」に注力することにした。

僕という人間は、なにを楽しいと感じるのか。どんな環境を好むのか。自分のことを知るためにたくさんの時間を費やし、好きなことをひとつずつ見つけていった。家事を丁寧にこなし、勉強に精を出し、読書部という居心地の良い場所を手に入れた。あかるい方を、健全な方を、善いと思える方をめざして、懸命に努力してきた。

　それなのに。

　皮下では未だ、絶えず嵐が吹き荒れている。

　死、病、別れ、恥辱、痛み、寒さ、飢え、醜さ。僕の生みだすイメージはすべて、僕自身の受けた傷の変奏に過ぎないのかもしれない。どれほど目を背けても、気づかないふりをしても、作品には痛みがそのまま表出する。

　治るどころか、赦(ゆる)すどころか、傷は日々増えてゆくばかり。傷のうえに傷がかさなり、今ではもう、傷んでいるところとそうでないところの判別もつかない。自尊心は引き攣(つ)れて、ほんとうは毎日、息も絶えだえだ。三日前の傷も三年前の傷も引きずって、今は凪をめざす途上。真に穏やかな日々は果てしなく遠い。

　瞼をあける。時刻はすでに零時を回っていた。僕はゆっくりと体を起こし、微睡(まどろ)むアカネを水槽へと戻した。蓋を閉じて、息を吐く。

　美に囚われていたのは、母だけではなかった。

　僕は呪いを解けるだろうか。

　特別な存在になれなくてもいい。美しい傑作じゃなくてもいい。僕は僕の書けるものを、書きたいものを、好きなように書いてもいいのだと。そして、その世界をどこまでも押し広げてゆくことを、望んでもいいのだと。

　僕はリュックに手を伸ばし、くしゃくしゃになった一枚のチラシを引っぱりだした。

おもたい濃霧をかきわけて、男は歩をすすめる。いつしか日はかたむき、樹々や下生えが霧の粗い粒子に灰桃いろの影を落としていた。その影がどんどんふかくなり、いつしかあたりはうすやみに浸された。霧はこまかな雨となり、やがてつめたい風が吹きはじめた。嵐は去ってなどいなかったのだ。

*

雨はたちまち勢いを増し、寒さでこわばった彼の皮膚に容赦なく突き刺さってくる。泥に足をとられ、なんども転んだ。出血したのか、靴のなかでつまさきがぬるつく。もうすこしだ、と彼は自分を叱咤(しった)する。もうすこしで、ひかりのみえた場所に着く。そこではきっとおぜいのひとたちが暮らしていて、襤褸をまとった彼を奇跡の生存者として歓待してくれるだろう。彼は熱い湯を浴びて、旨いスープをのみ、清潔な寝床でたっぷりと眠るのだ。

一歩。また一歩。泥濘をふむ。ひかりがみえる。たくさんのひかりが、白くゆれている。あれは街灯だろうか。ふいに地面の感触が変わった。かたい。アスファルト製の道路だった。あちこちがくずれたり、おおきく裂けている。

なかば朽(く)ちた巨大な道路に沿って、ずらりと街灯がならんでいた。糸のようにほそくて背がたかい。首をすこし垂れるようにして、灯りは道路を照らしている。やはりこのあたりに、とてもおおきな集落があるにちがいない、と彼は歩きながら考える。だが、ひとの気配はどこにもなかった。

あたりが暗闇につつまれるころ、舗装された道路がとぎれた。足もとは、泥と、黒い糊のような粘液に変わる。いぶかしみながら、彼は顔をあげた。

そこは、廃都市だった。峡谷めいたビルが、あちこちで朽ちている。倒木のように地面に横たわった建物もあった。その表面のほとんどが黴や蘚苔類でびっしりとおおわれ、疥癬に侵された皮膚のようだった。

茫然とあたりを見わたした彼は、地面に落ちている白いものに目をとめた。それは、人間だった。ただし、もとのかたちをほとんど留めていない。皮膚も毛髪も臓器も糊状に黒く溶けて、のこった骨から、かろうじて人間の骨格が判別できる。目を凝らすと、あたりはおなじような死体でいっぱいだった。

ここは墓場だ、と彼は悟った。かつてはたしかに栄えていて、たくさんのひとが暮らしていたのだろう。けれどあの病がやってきて、ひとりのこらず命を奪っていった。あるいは病が、この都市から外へ拡がったのか。いずれにせよここは、あの沼のほとりの村となにもかわらない。

力が抜けて、彼はその場に坐りこんだ。指先をみると、爪が剝がれかけていた。関節の皮膚が黒く染まり、血が滲んでいる。病の菌は、やはりこの身の奥にもひそんでいたのだ。もう疲れた、と彼はその場に横たわり、目を閉じた。もういい。充分やった。ここが果てだ。それでいい。

その瞬間、彼の体がふかく沈んだ。地面が抜け、粘液の底へ落ちてゆく。なんだ、この感覚は。ともすると、自分はすでに死んでいて、地獄へ降りてゆく途上なのか。それにしてもひどい悪臭だ。これでは、生きていた頃となにも変わらない。

おそるおそる目をあけると、視界いっぱいにゼラチンめいた赤黒い粘液がひろがっていた。あちこちに、いろんなものが浮かんでいる。鱗を腫らした魚。何年も使っていた襤褸の毛布。昔よく遊んでくれた近所の老女。病が流行りはじめて、まっさきに死んだのだった。嵐の夜に見知らぬ女と沼にでて、溺れ死んだ父。そのつぎの晩に首を吊った母。昏いパレードのように、過去のひとやものが眼前を流れてゆく。

結局おれはどこにもいけなかったんだな、と彼は思う。嵐に耐えて暮らしてきた何十年もの時間にも、ここまで懸命に歩んできた道のりにも、なんの意味もなかった。成長も進歩も、救いもないまま、おれはこれから死んでゆく。だが今なぜ、こんなに気分が晴れやかなのだろう。

毛布に手をのばし、つかんで包まる。皮膚になじんだ、ごわついた感触。どんなに醜くても、どんなに汚れていても、これがおれなのだ。この世界は、うつくしくも快くもなかった。だが、ここでおれはたしかに生きた。その事実はだれにも、病にさえも侵せない。おれは生きた。生きたのだ。

不可視の毛布のなかで、彼は胎児のように背をまるめた。雨が降っている。風が吹いている。はげしい嵐の音がきこえる。けれど彼はもう寒くなかった。

＊

階下に降りると、居間のソファで母が眠っていた。漫画の単行本が床に何冊も落ちている。母の寝顔はまるで、赤子のようだった。つややかな肌に、長い睫毛。何の憂いもなく、深い眠りのなかで幸福そうに安らいでいる。

母が僕とおなじ歳だった頃、この世界はままならないことばかりだったはずだ。何をしてもうまくいかず、他人の気持ちも想像できず、混沌のなかでいつも途方に暮れている少女。美こそが自分のそなえた唯一の価値だと周りから思いこまされ、それ故に、物事の判断基準の頂点に美を掲げるようになった。美の王国の女王。

大人になった今でも、母には世の中の仕組みがまるで理解できない。自分の美のルールにそぐわないできごとばかりが起き、息子もいつのまにか王国を出ていった。かがやくほどに美しい無人の国の真ん中で、母は未だ幼い子どものように戸惑い、怯えている。

傍の毛布を拾い、眠っている母の体にかけた。

僕が母にしてあげられることは、何もない。母の孤独を分かちあうことも、母を赦すことも。僕にはまだできない。

母には母の傷があって、僕には僕の傷がある。それぞれが、自分の傷にひとりで向きあうしかないのだ。手のなかのＵＳＢを握りしめ、僕は居間を後にした。

外に出ると、東の空が鮮やかに灼けていた。なめらかな群青の空に、瘢痕を思わせる薄紅色の雲がひろがっている。空気は意外なほど冷たくて、かすかに雨の匂いがした。

大通りにまだ人影は少なく、行き交う車もまばらだった。水溜まりを踏んで歩道を進み、角のコンビニに入る。角型の封筒を買ってから、USBをコピー機に挿した。データを選んでタッチすると、機械は低い唸りとともに一枚ずつ紙を吐きだしはじめる。

僕は最初の一枚を手に取った。

峡茜。

自分で自分に名前をつけたとき、生まれ直したような気分になった。さっぱりと晴れやかで、すこし心もとなくて、ひどくほがらかな気分。名前の音はアカネから借りた。性別も顔も本名もまるで意味をもたない世界へ踏みだすための、僕だけの祝福だ。

すべてのデータが印刷されたあと、僕はお金を入れてもういちどスタートボタンを押した。これは三月に渡す分だ。今日彼に会ったら、夢の話をしよう。今度は僕が、三月の言葉を聴くのだ。人知れず毎夜悪夢を見ている彼の、呪いを解く手伝いをするために。三月が僕に、そうしてくれたように。

初めに刷った紙の束をまとめて、買ったばかりの封筒に入れる。チラシを見ながら宛先と必要事項を記入し、持参した糊で封をした。コンビニを出て、ポストの前に立つ。

太陽はいつしか、住宅街の真上に昇っていた。烈しい炎に似た陽ざしが、足元にきつく照りつけている。

ここから先は、未知の世界だ。ずっと一人で創作をつづけてきた。書いているあいだは楽しくても、書きあがった作品に価値はないと思っていた。伝えたいメッセージも、成長もない。美しくも明るくも、健やかでもない。暗く、醜く、傷だらけ。

だけど今、ようやく認めることができた気がする。

——大事なのは、お前が書きたくて書いてるってことなんだから。

そうだ。これが、僕の嵐なのだ。

ほかの誰にも書き得ない、僕だけの嵐。

落選でもかまわない。それも、誰かが読んでくれた結果なのだから。会ったことも話したこともない全くの他人、大勢の人たちに向かって、閉じた世界をひらきたい。鮮やかな臓腑（ぞうふ）をえぐりだし、青空の下で掲げるように。疼（うず）きつづける傷痕（きずあと）を抱えながら、それでもこれが僕なのだと、笑って言えるように。

狭い小屋を出るときがきたのだ。たとえそれが、あらたな地獄のはじまりだとしても。

嵐のなかで胸を張って、最後まで進んでゆこう。

自分の物語を始めよう。

僕は封筒から手を離した。暗闇の底に紙があたる音が、たしかに聞こえた。

文庫化のためのあとがき

ふり返ると、うねり波打つ峡谷がそそりたっている。赤茶色の岩肌がむきだしになった、くろぐろとふかい谷。どうして自分がそこを越えられたのか今ではわからないほど、暗く沈んだ巨大な渓谷。もっと楽なやりかたがあったはず、と思う。あんなところを越えてこなければならない理由などなにひとつなかった。

学校の教室、習いごと、部活動。子どものころ、私はみずからを適切ではない場所に置き、さらにそのことにも無自覚で、ただひたすら苦しんでいた。どうしてこんなにしんどいのだろうと嘆きながら、なぜ自分がそこに坐りこんだままでいるのか、その理由を考えようとはしなかった。目の前に広がるこの苦しみ、視界に入っているものだけが、世界のすべてだと思っていた。

大人になってからも、状況はそれほど変わらなかった。仕事、恋愛、人間関係。私が私であることの苦しみが、さまざまなかたちで変奏されてゆくだけ。

立てつづけに転んだあるとき、私はようやく足を止めて考えはじめた。なにをしているときに幸福だと感じるのか。自分がすこやかであれる状態とは。また、どうすればその状態をつくりだせるのか。どんな香りが好きか。どんな食べものが、どんな服が、どんな住まいが、どんないとなみが、私をしあわせにしてくれるのか。どうすれば、何を変えれば、もっと生きたいと思えるようになるのか。

　小説を書くという営為の位置づけも、デビューしてからの十年間でずいぶん変わった。「命がけで、叫ぶように書くこと」という文章が、『ジェリー・フィッシュ』のプロットの最初の行にのこっている。今は小説に命をかけたりなどしない。何より大切なのは、いま、私自身が健康で、しあわせかどうかだ。

　まだ学生だった五年前、どうしても新作が書けなくて、五畳半の暗く湿った部屋に閉じこもり、ろくに食事も摂らず、眠れないまま朝を迎え、まっ白な画面の前で涙を流していた自分に、病気になってまで表現しなければならないことなど何ひとつないのだとはっきり伝えたい。

　途轍もない苦しみの果てにあふれでる豊かさもあるだろう。死に肉薄しながら刻みつけた言葉の奔流は眩く美しいだろう。だけど、私たちはまず、生きないといけない。ごはんを食べて、お風呂に入って、清潔な服を着て、散歩をして、それから小説を書くのだ。

　今、書くことはとてもたのしい。それは、山を登ったり、夜中にレイトショーに出かけたり、お風呂場で歌をうたったり、爪を好きな色に塗ったり、そういういとなみと全くおなじ種類のたのしさだ。いまや創作は、数ある娯楽の選択肢のひとつにすぎない。正しいかどうかはわからないけれど、二十八歳の今の私は、このやり方でなんとか生き延びている。

　自分のしあわせについて考えるときに、妥協をしないこと。傷を傷として抱えたまま、人生の次の展開について、ゆっくりと思いをめぐらせること。失敗しても大丈夫だということ。

心地良く生きられる場所を見つけようと、何度でも試みること。
もう峡谷を越えなくてもいい。なるだけ歩きやすい、遠まわりでもやわらかな道をさがして。辿って。命を長持ちさせるために。「まだ書いてるよ！」って、五年前の、十年前の自分に言ってあげられるように。たのしく、ながく、永く、書いてゆきたい。静かに祈る。

二〇二四年二月　雛倉　さりえ

【引用文献】

「夜の国」
　サン＝テグジュペリ『愛蔵版　星の王子さま』内藤濯訳　岩波書店　一九六二年
「エクレール」
　アントニオ・タブッキ『夢のなかの夢』和田忠彦訳　青土社　一九九四年
　夏目漱石『文鳥・夢十夜』新潮文庫　一九七六年

本作は二〇一三年に新潮社から刊行された『ジェリー・フィッシュ』を、加筆・修正の上、改題文庫化したものです。
「エクレール」は書き下ろしです。

検印
廃止

著者紹介 1995年滋賀県生まれ。早稲田大学大学院文学研究科卒。第11回「女による女のためのR-18文学賞」に応募した「ジェリー・フィッシュ」が最終候補に選出されデビュー。主な著書に『ジゼルの叫び』『森をひらいて』『アイリス』がある。

青がゆれる

2024年5月10日　初版

著　者　雛倉さりえ

発行所　（株）東京創元社
代表者　渋谷健太郎

162-0814/東京都新宿区新小川町1-5
電　話　03・3268・8231-営業部
03・3268・8204-編集部
URL　http://www.tsogen.co.jp
DTP　キャップス
暁印刷・本間製本

乱丁・落丁本は、ご面倒ですが小社までご送付ください。送料小社負担にてお取替えいたします。

ISBN978-4-488-80312-4　C0193

創元文芸文庫

2014年本屋大賞・翻訳小説部門第1位

HHhH◆Laurent Binet

HHhH

プラハ、1942年

ローラン・ビネ 高橋啓 訳

◆

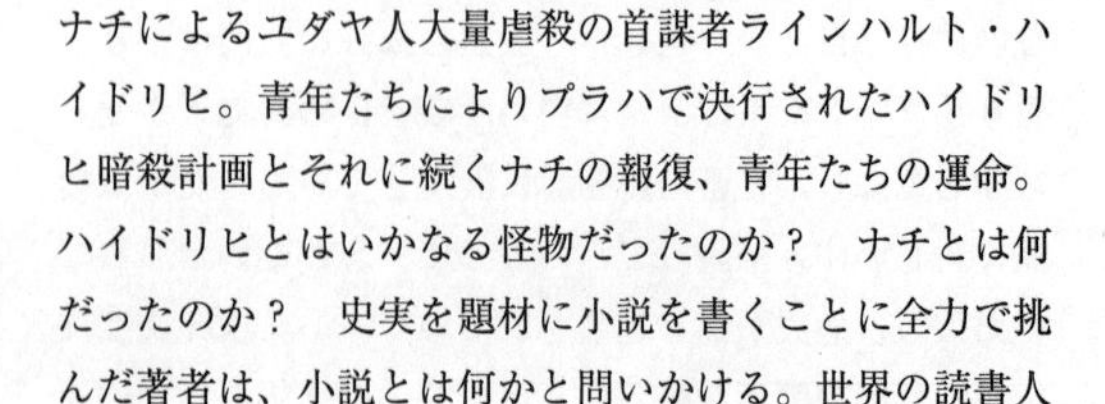
ナチによるユダヤ人大量虐殺の首謀者ラインハルト・ハイドリヒ。青年たちによりプラハで決行されたハイドリヒ暗殺計画とそれに続くナチの報復、青年たちの運命。ハイドリヒとはいかなる怪物だったのか？　ナチとは何だったのか？　史実を題材に小説を書くことに全力で挑んだ著者は、小説とは何かと問いかける。世界の読書人を驚嘆させた傑作。ゴンクール賞最優秀新人賞受賞作！